JN199954

おくのほそ道を歩く

石川・福井

▲茶屋新七の墓石（中央右）

▲宮竹屋跡

▶養智院

◀右端、茶屋新七の店があった辺り

▶松門と旧北国街道

▼宝泉寺（卯辰山）よりの眺望

▼浅野川大橋から卯辰山を望む

▲野田山からの金沢市街の一望

▲金石本龍寺（手前）への旧道

▲北枝宅跡②　久保市乙剣宮の右隣

▲大野湊神社

▶水島から木呂場への北陸街道

▼多太神社

▼本折日吉神社

▲建聖寺

▲芭蕉像（北枝作）

▲菟橋神社

▲芭蕉逗留泉屋跡

◀菊の湯

▲奇岩遊仙境

▲道明ヶ淵

▲全昌寺

▲比那が嵩（日野山）

◀湯尾峠入り口

▲汐越の松

▶芭蕉翁鐘塚

▲気比神宮

▶種の浜とますほの小貝

はじめに

『おくのほそ道』という陸奥行脚の実質的スタート地点は「陸奥国」の入り口であった福島県の「白河関」といって良い。

今回の『おくのほそ道を歩く　石川・福井』は、二〇〇三年の『歴春ふくしま文庫⑧　おくのほそ道を歩く』、二〇〇九年の『おくのほそ道を歩く　宮城・岩手』、二〇一三年の『おくのほそ道を歩く　山形・秋田』、二〇一五年の『おくのほそ道を歩く　新潟・富山』に次ぐものである。

さて『おくのほそ道』全行程の中で、石川県内、福井県内の行程はどの程度のものであったか、『曾良旅日記』に基づき概略をみておこう。

通算	
芭蕉46歳・曾良41歳	
約600里（約2400キロメートル）	
約150日余	
45章　62頁	

県

月日	旅程
三月二十七日（新暦五・十六）	深川の杉風別宅を発つ
四月二十日（新暦六・七）	芦野の里　白河関
五月三日（新暦六・十九）	国見峠　白石泊
五月十二日（新暦六・二十八）	登米発　一関着
五月十五日（新暦七・一）	岩出出発　尿前　中山越え
五月二十七日（新暦七・十三）	立石寺
六月三日（新暦七・十九）	本合海　羽黒
六月十三日（新暦七・二十九）	酒田
六月十六日（新暦八・一）	象潟
六月十八日（新暦八・三）	酒田
六月二十七日（新暦八・十二）	鼠ヶ関　中村
七月二日（新暦八・十六）	新潟
七月十二日（新暦八・二十六）	糸魚川　市振
七月十三日（新暦八・二十七）	堺　黒部川
七月十四日（新暦八・二十八）	富山　高岡
七月十五日（新暦八・二十九）	倶利伽羅　金沢着
七月十六日（新暦八・三十）	宮竹や喜左衛門へ
七月十七日（新暦八・三十一）	源意庵へ
七月十八日（新暦九・一）	
七月十九日（新暦九・二）	
七月二十日（新暦九・三）	松玄庵　野畑
七月二十一日（新暦九・四）	寺
七月二十二日（新暦九・五）	願念寺
七月二十三日（新暦九・六）	宮ノ越
七月二十四日（新暦九・七）	金沢発　小松

元禄２年（1689年）

全行程

所有日数

岩波文庫本

県	月日	行程	
石川	七月二十五日（新暦九・八）	立松寺　多太神社　藤井伊豆宅	
	七月二十六日（新暦九・九）	越前寺宗右衛門	
	七月二十七日（新暦九・十）	諏訪宮　小松発　山中	
	七月二十八日（新暦九・十一）	薬師堂	
	七月二十九日（新暦九・十二）	道明淵	
	七月三十日（新暦九・十三）	道明淵	
	八月一日（新暦九・十四）	黒谷橋	
	八月二日（新暦九・十五）		
	八月三日（新暦九・十六）		
	八月四日（新暦九・十七）		
	八月五日（新暦九・十八）	山中発　那谷寺　小松　大聖寺　全昌寺	
	八月六日（新暦九・十九）	小松　菅生石部神社	
福井県	八月七日（新暦九・二十）	全昌寺発　六良兵衛泊	㊀曾
	八月八日（新暦九・二十一）	丸岡	㊀曾
	八月九日（新暦九・二十二）	今庄　敦賀着　気比神宮　金ヶ崎　色浜　本隆寺	㊀曾
	八月十日（新暦九・二十三）	常宮	㊀曾
	八月十一日（新暦九・二十四）	敦賀発　木ノ本着	㊀曾
	八月十二日（新暦九・二十五）	木ノ本発　長浜　彦根　鳥居本	㊀曾
	八月十三日（新暦九・二十六）	多賀神社　関ヶ原	㊀曾
	八月十四日（新暦九・二十七）	敦賀	
	八月十五日（新暦九・二十八）	敦賀	
	八月十六日（新暦九・二十九）	色ヶ浜　本隆寺	
	八月二十日（新暦十・三）	大垣	
	八月二十一日（新暦十・四）	大垣	
	九月六日（新暦十・十八）	大垣発	

『おくのほそ道』の行程一五〇日余のうち福島県内一二、三日、宮城県内一一、二日、岩手県内三日、山形県内は四〇日と格別に多く、秋田県内は三日であった。次いで新潟県内は一四日、富山県内は三日である。

今回の石川県内、福井県内についてみてみよう。石川県内は足掛け二三日間にわたっている。これは四〇日という長きにわたって滞在した山形県に次ぐものである。

この両県にわたる共通点は、この旅の「芸術性の高い自分なりの新しい俳諧の境地を見出したい」という本来の目的に対し、前者は「不易流行」に思い至り、後者は金沢に至るまでの北陸路の旅路の苦しさが、この「不易流行」にさらなる深味を加えることができたという実感であったろう。

加えて、蕉風俳諧をよく理解している俳人たちが多く、この人々との連句の会を十分楽しめたということ、いずれも富裕な人々であって手厚くもてなしてくれたことで、苦しく不安な長旅をしてきた芭蕉にとっては、心身共にほっと寛げる地域であったからなのであろう。

ところで福井県であるが、山中温泉で曾良が芭蕉と別れてからは『曾良旅日記』に依れないので、芭蕉の足跡ははっきりしなくなるのだが、先行している曾良が芭蕉の行程を配慮しながら歩いていると考え『曾良旅日記』の行程に基づき歩いてみた。したがって旅程は曾良のものであるので、(曾)と記した。
以降、芭蕉の行程については『おくのほそ道』に準拠して記してみた。

注・引用文は『芭蕉おくのほそ道　付曾良旅日記』（岩波文庫）を使用し、『おくのほそ道』『曾良旅日記』と記した。
・岩波文庫の凡例に、「底本にあるかなづかいの誤り、あて字などは、（　）で傍記し……」とある。今回は、（　）に直し修正した。
・本文中の《　》は私注または私的ルビである。時刻については概略の表示とした。
・❖は本文に直接関係はないが参考までに挙げた。
・写真　田口守造

目次

第七部　福井県福井市・鯖江市・越前市・南条郡

第八部　福井県敦賀市

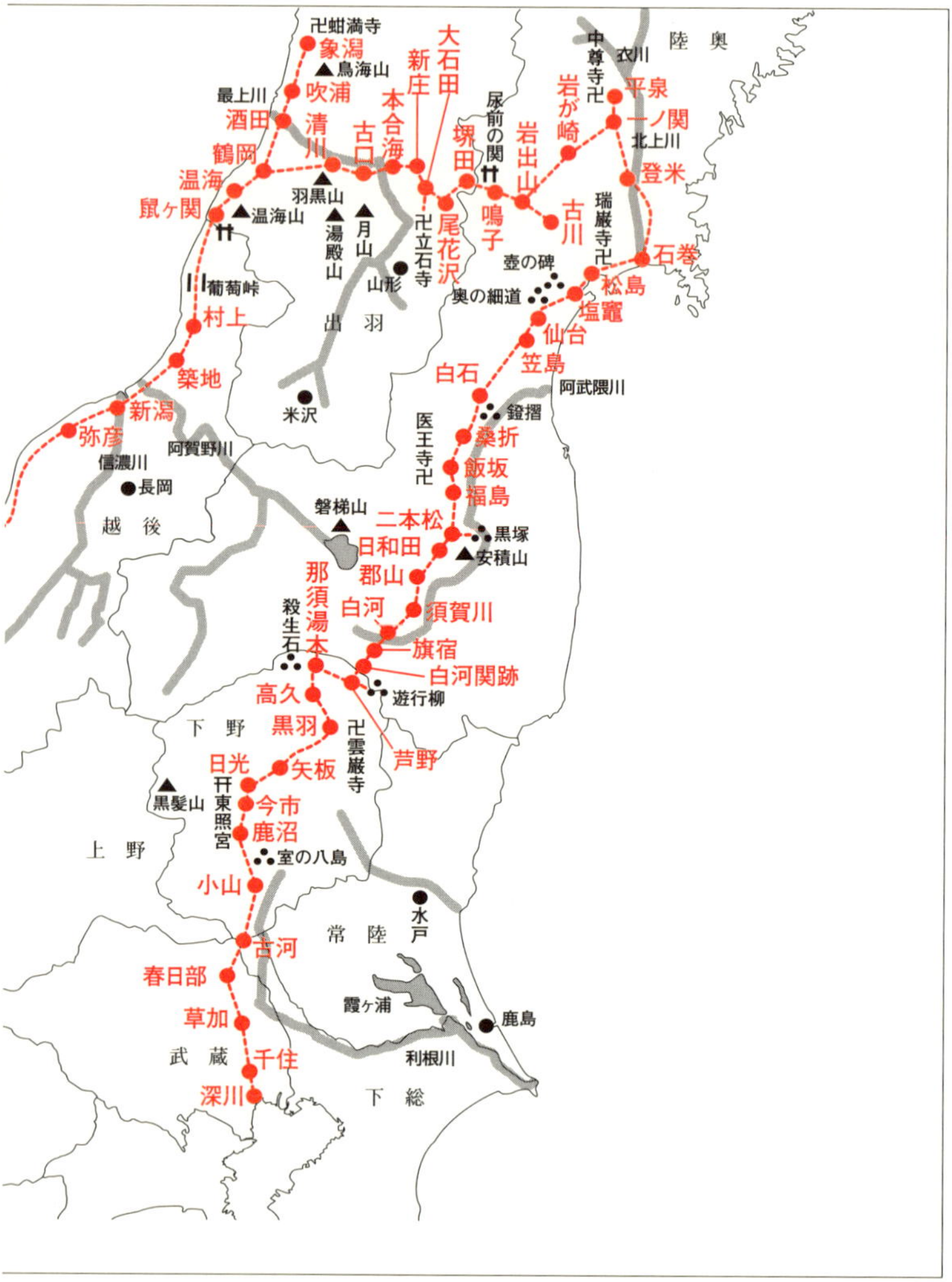

卍蚶満寺
象潟
鳥海山
吹浦
最上川
酒田
清川
鶴岡
温海
鼠ヶ関
温海山
羽黒山
湯殿山
月山
古口
本合海
新庄
大石田
尿前の関
堺田
岩出山
岩が崎
中尊寺卍
衣川
陸奥
平泉
一ノ関
北上川
登米
瑞巌寺卍
鳴子
古川
尾花沢
卍立石寺
山形
壺の碑
石巻
松島
塩竈
奥の細道
葡萄峠
村上
出羽
仙台
笠島
築地
白石
阿武隈川
米沢
新潟
弥彦
鐙摺
桑折
医王寺卍
信濃川
阿賀野川
長岡
飯坂
福島
越後
磐梯山
二本松
黒塚
日和田
安積山
郡山
那須湯本
殺生石
白河
須賀川
旗宿
白河関跡
遊行柳
高久
下野
黒羽
卍雲巌寺
芦野
日光
矢板
黒髪山
東照宮
今市
鹿沼
上野
室の八島
小山
水戸
常陸
古河
春日部
霞ヶ浦
鹿島
草加
武蔵
千住
利根川
深川
下総

「おくのほそ道」全図

※赤点線は芭蕉、曽良の足跡

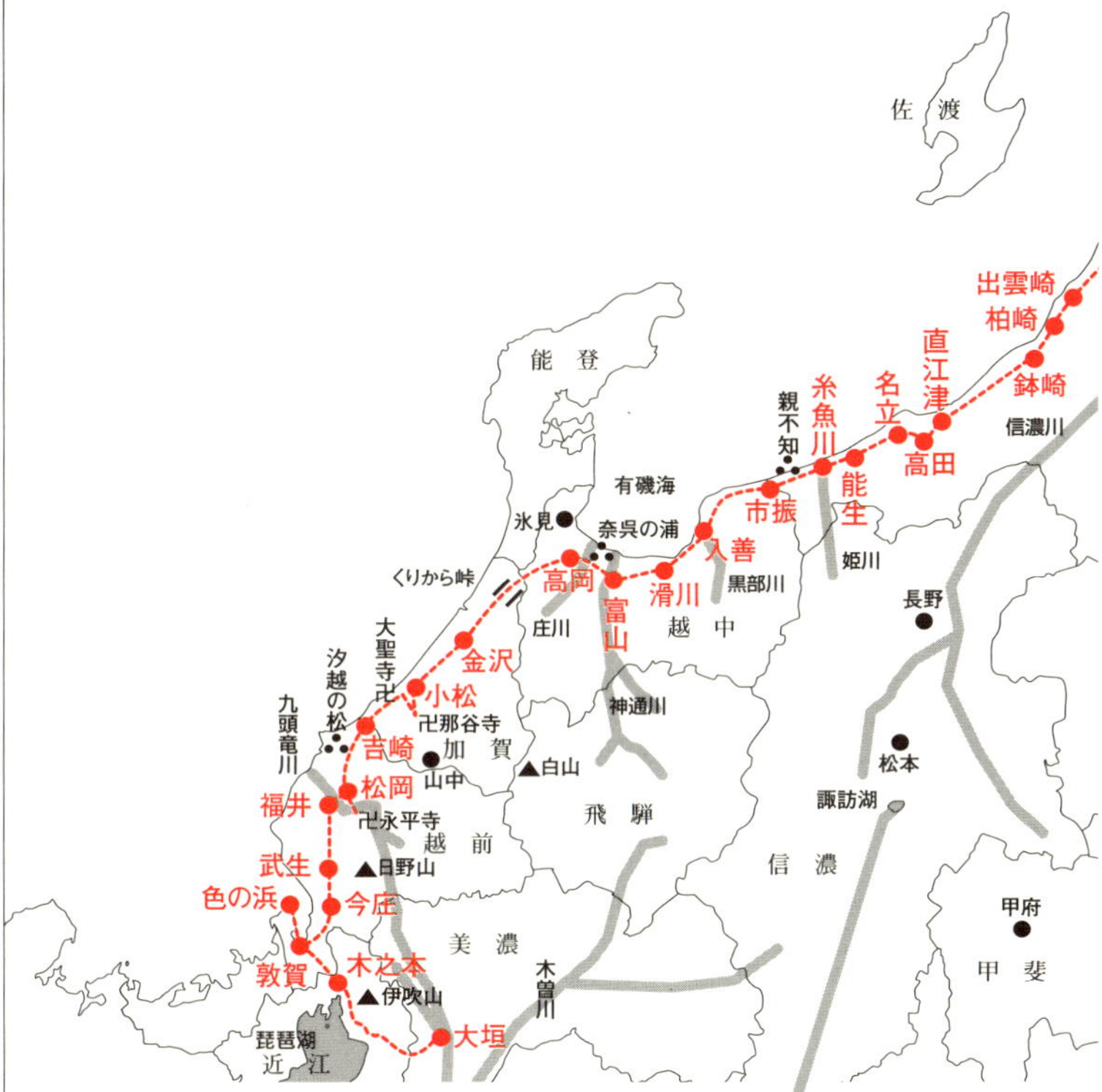

第一部　石川県金沢市犀川寄り

卯の花山・くりからが谷をこえて…

宮竹屋跡

（北陸本線金沢駅バスターミナル⑦⑧⑨乗り場よりバス一五分。片町下車。↓徒歩二分、〇・一キロ。犀川大橋。石川県金沢市片町一丁目↓徒歩三分、〇・一五キロ。芭蕉の句碑。↓徒歩五分、〇・二五キロ。成学寺。金沢市野町一の一の一八↓徒歩四分、〇・二キロ。本長寺）

担籠《たこ》の藤浪《ふぢなみ》は、春ならずとも、初秋の哀《あはれ》（訪）ふべきものをと、人に尋《たづぬ》れば、「是《これ》より五里、いそ伝ひして、むかふの山陰にいり、蜑《あま》の苫《とま》ぶきかすかなれば、蘆《あし》の一夜《ひとよ》の宿かすものあるまじ」といひ（お）どされて、（加賀）の国に入《いる》。

わせの香や分入《わけいる》右は有磯海《ありそうみ》
『おくのほそ道』

卯《う》の花山《はなやま》・くりからが谷をこえて、金沢は七月中《なか》の五日《いつか》也。爰《ここ》に大坂《おおざか》よりかよふ商人何処《かしょ》と云者有《いふものあり》。それが旅宿をともにす。
『おくのほそ道』

芭蕉は大伴家持が愛した藤の花の歌名所田子浦に行きたかったが、那古から二〇キロほど海岸伝いに行った漁師の貧しい家が少しあるだけの所だから、宿を貸す者もなかろうと脅かされ、諦めて加賀の国へ直接向かった。

越中と加賀の境である卯の花山や倶利加羅峠の谷を越えて七月一五日に金沢に着いたのだが、曾良は次のように述べている。

十五日　快晴。高岡ヲ立、埴生八幡ヲ拝ス。源氏山、卯ノ花山也。クリカラヲ見テ、未ノ中刻《午後二時半ごろ》、金沢ニ着。京や吉兵衛ニ宿かり、竹雀・一笑へ通ズ、即刻、竹雀・牧童同道ニテ来テ談。一笑、去十二月六日死去ノ由。
『曾良旅日記』

芭蕉と曾良は午後二時半ごろ金沢に着き、京屋吉兵衛方に宿をとった。この京屋が芭蕉のいう大坂商人何処と泊まった宿なのであろう。
早速、竹雀と一笑に知らせたが、やって来た竹雀と北枝《ほくし》の兄牧童に一笑は去年の一二月六日に亡くなったと知らされた。
竹雀とは片町の宮竹屋喜左衛門の三男、伊右衛門の俳号で、後に小春《しょうしゅん》と号した。宮竹屋は旅宿業を営み、酒屋や駕籠屋も兼業していた。
牧童は通称研屋《とぎや》彦三郎といい、加賀藩御用の刀研師《かたなとぎし》で、弟の北枝（通称源四郎）も刀研師であった。

十六日　快晴。巳ノ刻《午前九時半ごろ》、カゴヲ遣シテ竹雀ヨリ迎、川原町、宮竹や喜左衛門方へ移ル。段々各来ル。謁ス。

『曾良旅日記』

翌一六日竹雀からの迎えの駕籠で、川原町（現在の片町）の宮竹屋喜左衛門方に宿を移し、金沢を発つ二四日まで八日間世話になり、俳人たちが次々に挨拶に来た。

当時の金沢は前田綱紀《つなのり》（一六四三〜一七二四）の治世で、「政治は一加賀　二土佐」と賞讃され、「加賀は天下の書府」とうたわれるほど文化が高く、茶の湯をはじめ諸芸が盛んで俳人も多かった。

ここで、この足掛け一〇日間の日程の中味をみてみよう。

陰暦	陽暦	日程
七月一五日	八月二九日	倶利伽羅峠越え。金沢着。京屋吉兵衛方に宿す
一六日	三〇日	宮竹屋喜左衛門方に移る
一七日	三一日	源意庵（北枝宅）
一八日	九月一日	俳人たちの来訪
一九日	二日	〃
二〇日	三日	松玄庵（斎藤一泉宅）野端山に遊ぶ
二一日	四日	芭蕉は北枝・一水と外出
二二日	五日	一笑追善会（願念寺）
二三日	六日	宮ノ腰に遊ぶ
二四日	七日	金沢発。小松着

右のように金沢滞留は足掛け一〇日となり、「おくのほそ道」全体を見渡してみると、福島県一三日、宮城県一二日、新潟県一四日と他県の県内全体の滞在日数に匹敵し、県内の一地域の逗留としては格別に多いが、この理由は「はじめに」で触れた。「おくのほそ道」の旅の目的であった自分なりの俳諧の境地の下地が見つかり、さらにそのための古来「風雅の宝庫」として文人たちの文化的伝統として存在した「みちのく」への旅も踏破しえたという二点により、北枝、斎藤一泉など金沢の俳人たちとの連句会、外出、遊興に心底寛ぎ楽しんだのであろう。

さて、宮竹屋跡から成学寺へと金沢市内の一部を歩いてみる。

片町バス停留所向かい側が、竹雀の父喜左衛門の宮竹屋があった所である。間口二〇間という大店で芭蕉が八泊したが、この辺りは今では雀荘、パチンコ店、カラオケ、バー、クラブなど繁華街となっている。

バスの進行方向へ歩いて行くとすぐ犀川大橋である。浅野川に比べ男川といわれる犀川は二級河川で土手にうっすら雪が残っていた。山々は雪を被り、川沿いの小公園に「あか〳〵と日はつれなくも秋の風」句碑が建ち鳶がよく鳴いた。

少し戻って左手の坂に「蛤坂」石柱が建っていた。蛤坂を行くと左手に、一際目立つ木造三階建ての料亭山錦楼が建つ。説明板に「金沢市指定保存建造物」とあり、大正末期から昭和初期にかけ、金沢では三階建ての料亭・旅館が沢山造られ、古い景観を残す蛤坂周辺でも目立つ歴史的建物であるという。

犀川

料亭山錦楼の斜め向かい側に浄土宗の成学寺がある。山門を入って正面の植え込みに「蕉翁墳」が建ち、右側面に「あかあかと日は難面も秋の風」と刻まれ、裏面に宝暦五年（一七五五）、芭蕉翁追悼のため金沢の俳人堀麦水とその門人が、この「秋日塚」建立とある。昔から「秋日塚」と呼ばれ親しまれてきたこの塚は金沢の芭蕉塚の中で最も古い。

境内左手に小さな一笑塚が建つが、昭和二四年（一九四九）、小杉一笑の塚がまだなかったので、金沢の各句会会員が参加して一笑塚を建立したという。

山門を入って右手、建物の前に一泉の句碑「信と和に生きて天寿や菊に酌む」が建つ。

さて道路を渡ると右手に本長寺がある。雪が少し積もってザクザクいう石畳の細道を行くと左手に「春もや、けしき調ふ月と梅　芭蕉」が建つ。大正四年（一九一五）句空《くくう》庵五世が建て、昭和五七年（一九八二）改修というだけに新しい感じであった。

願念寺《がんねんじ》

（本長寺→徒歩四分、〇・一八キロ。願念寺。石川県金沢市野町一丁目三の八二→徒歩一二分、〇・八キロ。長久寺。金沢市寺町五丁目二の二〇）

一笑《いっせう》と云《いふ》ものは、此道《このみち》にすける名のほのぐ聞《きこ》えて、世に知人《しるひと》も侍《はべり》しに、去年《こぞ》の冬、早世《さうせい》したりとて、其《その》兄追善《ついぜん》を催《もよほ》すに、塚も動け我泣声《わがなくこゑ》は秋の風　『おくのほそ道』

廿二日　快晴。高徹見廻。亦、薬請。此日、一笑追善会、於　寺興行。各朝飯後ヨリ集。予、病気故、未ノ刻《午後二時ごろ》ヨリ行。暮過、各ニ先達テ帰。亭主ノ松。　『曾良旅日記』

一笑は俳諧を嗜むと俳人の間では知られていたが、去年の冬若死し、その兄が追善の会を催したので、その墓に詣でて詠んだ句。塚も私の心に感じて動け。一笑の死を悼む私の慟哭は粛々と吹くこの秋風そのものだ。

一笑（承応《じょうおう》元年〈一六五二〉～元禄元年〈一六八八〉一二月六日　三六歳）とは、小杉味頼のことで、金沢片町で葉茶屋を営み通称茶屋新七といった。
芭蕉の八歳年下だが文通があり、芭蕉の来沢を楽しみにしていたという。辞世「心から雪うつくしや西の雲」（『西の雲』）

一笑は寛文一二年（一六七二）二〇歳で貞門《ていもん》の松江重頼撰『時勢粧《いまようすがた》』に三句入集以来、北村季吟などの撰集に句を出していた。

以後、貞門から談林派に転向、貞享四年（一六八七）尚白撰『弧松《ひとつまつ》』に一九四句も入集、蕉風に接近した。

頭角を現し、俳人仲間でも知られてきた一笑を、芭蕉は若かりしころの自分に重ね合わせていたのではあるまいか。

芭蕉も二一歳で松江重頼撰「『小夜中山集』に一句、二四歳で北村季吟編『続山の井』に三一句入選、伊賀上野で頭角を現し人々が俳諧を学びに来た。

その人々の作品を集めて三〇番句合『貝おほひ』を作り江戸に出、三二歳で貞門俳諧から談林俳諧に転向した。

一度も逢ってはおらず文通しかなかったが、一笑への親しみと期待があったのであろう。

さて、忍者寺といわれる妙立寺《みょうりゅうじ》の前を通り、脇道の石道へ入ると行き詰まりの寺の、さらに右脇道へ入っていくと願念寺であった。分かりにくいが妙立寺の裏手ということになろうか。

門前左手「木一山願念寺」の大きな石柱右手に「芭蕉翁来訪地　小杉一笑墓所　つかもうこけ我が泣聲ハ秋の風」句碑が建っていた。

慶長年間（一五九六～一六一五）創建の願念寺は、万治二年（一六五九）河原町（現・片町）から現在地に移転しており、元禄二年（一六八九）に訪れた芭蕉は現在の願念寺で行われた一笑の追善会に出席した。

曾良は体調が悪く寺の名を失念してしまったようだが、この寺が一笑の菩提寺で、一笑の兄ノ松《べっしょう》が追善会を催した寺である。

重厚な山門を入ると、本堂と左つながりの大きな建物のある寺で、真宗の本堂形式の典型的なものであるという。

左手の建物の前に、「釈浄雲　浄誉」、左側面に「天明七《一七八七》丁未初冬　茶屋新七」と刻した墓碑が建っていた。

一笑の法名は「浄雪」で、元禄元年（一六八八）に亡くなっているので、この墓碑は一笑の子孫の墓碑で、「茶屋新七」というのは襲名なのであろう。

一笑塚

左手に、「一笑塚」と記した大きな碑が目につく。碑の右側に辞世句「心から雪うつくしや西の雲」が小さく刻されていた。

寺町通りに戻り、寺町五丁目交差点を左折すると新桜坂途中に長久寺があった。

門を入ると本堂前左右の樹齢四〇〇年ほどにもなるという金沢市保存樹の銀木犀が、まるで本堂に覆いかぶさるように立ち、左手の銀木犀の足元に「ある草庵にいさなはれて　秋涼し手毎にむけや瓜茄子　はせを」句碑が建っていた。

斎藤一泉宅跡＝松玄庵跡

〈願念寺→徒歩〇・八キロ、一二分。→長久寺→徒歩〇・三五キロ、六分。斎藤一泉宅跡〈松玄庵跡〉。石川県金沢市寺町五の一の三三→徒歩〇・一キロ、二分。桜橋→徒歩〇・二五キロ、五分。高浜虚子・年尾父子の句碑。室生犀星文学碑。→犀星文学碑前バス停。周遊バス→一〇分、武蔵ヶ辻バス停〉

一笑《いつせう》と云《いふ》ものは、…去年《こぞ》の冬、早世《さうせい》したりとて、其《その》兄追善《ついぜん》を催《もよほ》すに、

塚も動け我泣声《わがなくこゑ》は秋の風

　ある草庵にいざなはれて

秋涼し手毎《てごと》にむけや瓜茄子《なすび》

　途中唫《ぎん》

あか〳〵と日は難面《つれなく》もあきの風

『おくのほそ道』

廿日　快晴。庵ニテ一泉饗。俳、一折有テ、夕方、野畑ニ遊。帰テ、夜食出テ散ズ。子ノ刻《午前零時ごろ》ニ成。

『曾良旅日記』

『おくのほそ道』の「ある草庵」とは、『曾良旅日記』の「庵ニテ一泉饗」とある金

沢の俳人斎藤一泉の松玄庵といわれている。

ところで寺町通り沿いの、威風堂々たる寺々に圧倒された。

寺町は大坂夏の陣（元和元年＝一六一五）直後、二代藩主利長の命で、金沢市内に散在していた寺院が寺町と卯辰山に集められ、南と北からの侵略に備え防塞の役目を果たした。

一説には一向一揆の勢力を警戒、一向宗寺院を城の膝元に置き、それを囲むように他宗の寺院を配置したともいう。

これほど立派な寺々がこんなに必要かなど思いつつ、北陸第一の都市だもの…と納得はするのだが、それぞれの檀家も大変なのではと思ったりした。

さて本因寺《ほんにんじ》の脇の細い路地を左へ入った。

やがてW坂の階段を下って行くと、下方、川音を立てて流れる男川の上に、ピンク色の桜橋が優しく架かっていた。

桜橋南詰から橋を渡らず川沿いを一〇〇《メートル》ほど行った所に百度石が建ちその前、山側の段上の小さなお社に幾つもの不動明王が祀られていたが、階段の途中にも地蔵様

斎藤一泉宅跡

や、観世音菩薩、阿弥陀如来が祀られていた。不動明王を頂点に階段でぐるりとお参りできるわけで、急な階段を上がったり下ったりするのだから、お百度参りの霊験もあらたかなのだろう。

この辺が斎藤一泉の屋敷跡なのだという。ここに招かれて芭蕉が詠んだ句が「秋涼し手毎にむけや瓜茄子」であった。

秋の涼しさあふれる草庵でおもてなしを受けありがたいことだ。瓜や茄子の皮を手毎にむいて、いただこうじゃないか、の意。

金沢は大大名の城下町で、江戸や京都とは違った味覚も発達していただろうし、まして俳諧を嗜む豪商の旦那衆やその息子たちのもてなしを受けていたのだろうから、珍しい料理も出されただろうに、どうしてどこにでもある瓜と茄子をとりあげたのだろうか。

『おくのほそ道』中の味覚に関する記述をみてみよう。

象潟での曾良の句「象潟や料理何くふ神祭り」からは山海の珍味というよりは、粗末な料理が思われる。

また敦賀の種《いろ》の浜での、「浜はわづかなる海士《あま》の小家《こいへ》にて、侘《わび》しき法花寺《ほっけでら》あり。爰《ここ》に茶を飲《のみ》、酒をあたゝめて、夕ぐれのさびしさ、感に堪《たへ》たり」からもご馳走というより、つつましい酒宴という感じである。

いずれも今回の瓜、茄子に通じるものである。

ところで日本独特の美意識に「わび」と「さび」がある。

「わび」は物不足や、粗末な物に感じる寂しさで、中世以降禅宗などの影響で肯定的にとらえられるようになる。華美を廃した閑寂なさまを積極的に楽しむということである。

粗末なものの寂しい美しさとでもいおうか。

一方「さび」は時の経過により古びたために生じる枯れた渋みのことで、「わび」「さび」どちらも飾り気のないものに風情を見出すというものである。

俳諧を嗜む人々は旨いものにも贅沢にもなれているので、料理もただ豪勢なら良いというのでは野暮になってしまうため、そこに粋《すい》ということが問われてくる。

次いで、「途中唫《ぎん》　あかあかと日は難面《つれなく》もあきの風」は金沢に至る途中か、金沢でできたのだろうといわれている。

秋の日が西に傾き野山をいちめんに赤く染め、自分の顔にもしつこく照りつける。暑いが辺りを吹く秋の風はひえびえとしたうら寂しい感じがするというのである。

さて桜橋を渡り、左手に入ると「犀星のみち」で、左手に高浜虚子・年尾父子句碑、隣接して室生犀星文学碑が建っていた。

紅葉したもみじが美しい犀川河畔は、はだれ雪が北国金沢の風情を際立たせ冷たい空気が身にしみてきた。

犀星文学碑前バス停から武蔵ヶ辻で下車、一〇分弱で近江町《ちょう》市場がある。

赤辛味大根、大胡瓜、赤ねぎ、金時草《きんじそう》、源助大根、加賀レンコン、五郎島金時芋など珍しい加賀野菜やコウバコガニや白エビを楽しめた。

旧願念寺跡・養智院・小杉一笑宅跡

（武蔵ヶ辻バス停↓徒歩一五分、一キロ。長町武家屋敷跡。金沢市長町。金沢市足軽資料館。金沢市長町一の九の三↓徒歩一〇分、〇・三キロ。旧加賀藩士高田家跡。金沢市長町二の六の一↓徒歩二〇分、〇・五三キロ。武家屋敷跡野村家。金沢市長町一の三の三二　入館料五〇〇円。↓徒歩二五分、〇・六五キロ。前田土佐守家資料館。金沢市片町二の一〇の一七　入館料三〇〇円。↓徒歩三分、〇・一八キロ。旧願念寺跡。↓徒歩二分、〇・〇五キロ。養智院。金沢市片町二の一三の二〇↓徒歩三分、〇・一五キロ。北国銀行片町支店〈芭蕉の辻〉。金沢市片町二の二の一五↓徒歩二分、〇・一キロ。ラブロ〈現在は「片町きらら」〉。金沢市片町二の二の二↓小杉一笑宅跡）

さて金沢市足軽資料館を目指し南町から香林坊の方へ歩き、尾山神社の神門を左に見て十字路を右へ入る。

金沢市立中央小学校の十字路を過ぎ、長町六の橋の手前で左の石畳道へ入ると足軽資料館で、二軒の小さな足軽の家は屋根の上に石が沢山置かれていた。

さて大野庄用水が静かなせせらぎの音を立てている。この川は、天正、慶長年間にわたり金沢城の築城普請の際、宮越（金石港）からの木材を、犀川の本流を溯りこの川筋に引き上げたので「御荷川」と称され、いつの日か「鬼川」とも呼ばれたという。長町四の橋の休憩館を経て三の橋を過ぎ清流に映える土塀、見越しの松の古木と、金沢で最も藩政時代の面影をとどめているという野村家を見学した。

野村伝兵衛は、藩祖前田利家が天正一一年（一五八三）に金沢城に入城した際従った直臣で、禄高一二〇〇石、一〇代にわたり御馬廻《うままわり》組組頭、各奉行職を歴任し、千有余坪の屋敷を拝し、明治四年（一八七一）の廃藩まで続いた。

武家制度の解体で庭園、土塀を残し菜園化し、窮乏により土地を分譲したが一部藩政時代の面影をとどめているという。

幾たびか住人を変えたが、藩政時代旧橋立村の傑商久保彦兵衛が蝦夷やロシアに通商し藩政を支えており、藩主を招くため造った豪邸上段伺候の間を昭和初期に移築したとある。

上段の間にある障子戸の下にはギヤマンが入り、襖絵は加賀藩お抱え絵師で、狩野派の最高峰である法眼位佐々木泉景筆の山水画が懸かっていた。尾形光琳や俵屋宗達でさえ法眼に次ぐ法橋位であった。

庭の池泉は、手前が高く奥はかなり低く段差の妙が尽くされ、草木の青葉と多宝塔、大雪見灯籠やさくら御影石の大架け橋をぬって、静かな音を立て流れ、古堀遠州好みの真の庭の代表的な庭という。

石段を上り茶室不莫庵から眺めると槙、松、青木などに施された沢山の雪釣が、琴の弦を張ったように見事な美しさを見せていた。

さて先の長町三の橋を左へ入ると、鞍月用水に出るが、二の橋から大野庄用水を渡り長町武家屋敷跡に入った。

この長町界隈は、藩政時代はすべて藩士たちの住居で、この辺りは平士《へいし》とよばれる加賀藩では中位の藩士が多く、二〇余家を数えるとあった。

その職名は馬廻役《うままわりやく》、小姓組《こしょうぐみ》、近習衆《きんじゅうしゅう》、普請奉行、藩校関係など多くの職種の藩士が居住した。

加賀藩では一〇〇石から二〇〇石までは二〇〇坪、八〇〇石から一〇〇〇石までは五〇〇坪、一五〇〇石から一九〇〇石までは六〇〇坪など、知行高により拝領する宅地の面積が決められていた。

石畳の小路沿いに薄茶色の土塀に囲まれ建ち並ぶ武家屋敷跡はタイムトンネルを潜った感がある。折から一二月八日のことでもあり、土塀にはいずれも雪よけのこも掛けがなされ、見越しの松が品格と風情を添えていた。

長町研修館を右手に歩いて行くと、この辺り「金沢市伝統環境保存区域」の石柱が建つ。長町一丁目一から西に行き、展示場の黒い鎧兜が実に見事な前田土佐守家資料館に入った。

さて中央通りに出て左折して行くと、左手に「養智院新橋」「鬼川の阯」の石柱が建っている。脇の地蔵堂に赤い前垂れと帽子を被った大小の地蔵尊が祀られ、その先に養智院（高野山真言宗）、さらに歓喜天霊場があった。

「當院の由来」によれば淳和《じゅんな》天皇《七八六〜八四〇》の勅命で建立されたが、正徳《しょうとく》年間《一七一一〜一七一六》前田家五代がこの一帯の寺院に悉く転地を命じたが、本尊地蔵尊が「当院は鬼川の守護のため残しおかるべし」と三日にわたり夢に現れたので、外濠を兼ねる鬼川と城下の鬼門鎮護のため転地しなかったとある。

養智院とつながる歓喜天の入り口には百度石が建っていた。

さて潤光山養智院に入って左手の生垣の中に一《メートル》三〇《センチ》ほどの凡兆句碑「上ゆくと下来る雲や秋の天　凡兆」が建っていた。

凡兆（?～正徳四年〈一七一四〉）は金沢の人だが京都で医者となり、初めから蕉風的な句を作っていたが去来の影響で蕉風に傾き『曠野』にも俳号加生で入集していた。

芭蕉は元禄三年（一六九〇）四月初めから八月の終わりごろまで近江膳所《ぜぜ》の郊外国分村国分山上の庵に滞留しており、ここに芭蕉を訪ねてから芭蕉に直接師事した。

翌四年にかけて芭蕉との関係が深くなり、その清新な句風が認められ去来をはじめ蕉門の有力者と共に芭蕉指導下で蕉風連句の最高といわれる数巻を巻いたが、それらは去来・凡兆共編の『猿蓑』などに収載されている。

芭蕉は「おくのほそ道」の旅で福島、宮城を歩いているうちに、この世には「不易＝時代に拠らず人々を感動させる本質的なもの」と、「流行＝変化流動してやまないもの」

があると気付く。

「おくのほそ道」の旅から帰り二〜三年は故郷伊賀と滋賀辺りを往来し、その都度この「不易流行」を説いて廻った。

「不易流行」から生み出されたものが芭蕉の究極の俳風「軽み」となっていく。

「軽み」は「重み」の反対で、「重み」とは俳諧でいえば㋐観念的な頭の中で作った作品、㋑風流ぶった作品、㋒貞門派、談林派、漢詩文派など古典・古歌・俗語・俗謡・漢詩文に依った歌などをいう。

「軽み」の作品を作るにはどうしたら良いかだが、芭蕉は俳諧宗匠でもない自分がとやかく言うのはひかえられるとして、相手に応じて指導していたのであろう。

服部土芳の『三冊子』によると芭蕉は「軽み」の修行法として、「高く心を悟りて俗に帰るべし」と教えたという。

この芭蕉の本旨に最も近いだろうといわれているのが、この『三冊子』中の『赤冊子《あかそうし》』に記されている。

常に風雅の誠をせめ悟りて、今なすところ俳諧に帰るべし　『赤冊子』

「風雅の誠」とは芭蕉が尊敬していた西行・杜甫などの和漢の詩歌に内在する不易の伝統的風雅性やその作品の時代的背景をいう。

これらを探求し「本質的なものとは何か」を会得したら、それを刻々と移り行く自分の卑近な現実生活の中に見出して、素朴に眼前の実景描写として、しかも卑俗にならぬように詠い興じることであるというのである。

既存の「不易」を、遷り行く世相の中に見出し常に斬新な俳風で打ち出していくということであるという。

したがって芭蕉は既存の「不易」よりも日々変化して止まない「流行」、いってみれば「新らしみ」を重視し、「詠い興ずる」とは平淡な叙景的作品ではなく重大なことをサラッといってみせることらしい。

この「軽み」の持ち味・ニュアンスを別の言葉でいうと「さび」ということになる。

「さび」は、古びたものの持つ静かな美しさを表し、茶道でいわれる「わび＝粗末なものの持つ寂しい美しさ」をも包含するという。

この「軽み」の確立はいつであったか。芭蕉は「おくのほそ道」の終着である大垣についたが、この年は伊勢神宮の遷御の年で内宮・外宮で二〇年に一度の式年遷宮が行われた。

遷宮の儀を是非見たかったのであろう、九月一三日の外宮の遷宮の儀に間に合うので、「蛤《はまぐり》のふたみにわかれ行く秋ぞ」と大垣の船問屋谷木因《ぼくいん》の家の前から船に乗り、水門川・揖斐《いび》川を下り長島・桑名経由で伊勢へ行った。

この伊勢から故郷伊賀へ帰る山中で作られた次の作品が「軽み」への方向づけを示したともいわれている。

初しぐれ猿も小蓑をほしげなり　　　『猿簑』

「初しぐれ」は古来和歌的伝統として「侘しい・寂しい」ものとしてとらえていたが、芭蕉はこの作品で「風雅な興あること」とし、風流ぶらず俳諧の本質である滑稽味さえある、新しい俳諧的とらえ方をしてみせた。

まだまだ「軽み」の打ち出し方は確立しておらず暗中模索の芭蕉の前に元禄三年（一六九〇）入門してきた凡兆の、従来の和歌的情趣を切り捨て日常生活の中に清新な詩情を見出し即物的に表現する詠みぶりは、芭蕉の「軽み」の主張に適っていたのであろう。

すゞしさや朝草門ンに荷《にな》ひ込む　　凡兆

朝早く刈り取った露にぬれた草を門の中に担ぎ込んだという、夏の早朝の爽やかな清清しさは夏草の香りまで漂わせてくる。

こうして元禄四年（一六九一）蕉風の推移を知ることができる「俳諧七部集」の第五『猿蓑』が去来と凡兆により選され、観念的でも風流ぶってもおらず、和歌的伝統から抜け出た新しい俳風「軽み」を志す人々の指標となった。

さて凡兆だが、『猿蓑』以後芭蕉との関係を絶ち、元禄六年（一六九三）他人の事件に関わり牢獄に入り刑に服したという。

歓喜天の右手の木戸から奥を覗いてみると、江戸時代からのものと思しき墓石が立ち並ぶ養智院の古い墓地があり、凡兆の墓も恐らくここにあるのだろう。

さて養智院から五〇《メートル》ほど手前の所に、野町一丁目の現在の願念寺に万治二年（一六五九）移転するまでの旧願念寺があったというので戻ってみたが、全くその面影は見当たらなかった。

養智院の墓地

この中央通りを真っ直ぐ行くと、国道一五七号線との十字路となり、ここに五〇《センチ》ほどの石柱「芭蕉の辻」が建っていた。中央通りと南大通りの交差点角にある北國銀行片町支店の中央通り沿いである。

向かって左側面に「元禄二年初秋　蕉翁奥の細道途次遺蹟」とあった。

ところでこの芭蕉の辻から一〇〇《メートル》ほど犀川寄りの所に先に述べた宮竹屋喜左衛門の家があり、逆に香林坊よりの片町のラブロの斜め前辺り、右手の丁度カーブの所に小杉一笑宅跡、要するに茶屋新七の店があったのではといわれている。今も車の往来が激しい繁華街の中心である。

❖兼六園・県立歴史博物館・本願寺

（小杉一笑宅跡↓徒歩一七分、〇・九七キロ。兼六園。金沢市兼六町《まち》一の一　入園料三〇〇円。↓県立歴史博物館。金沢市出羽町三の一↓徒歩五分、〇・三キロ。藩老本多蔵品館。金沢市出羽町三の一　県立美術館バス停。ふらっとバス菊川ルート↓香林坊バス停。周遊バス↓武蔵ヶ辻バス停。↓徒歩一五分、〇・六五キロ。本願寺東別院。金沢市安江町《やすえちょう》一五の五二↓徒歩一〇分、〇・三キロ。本願寺西別院。金沢市笠市町《かさいちまち》二の四七）

小杉一笑宅跡から香林坊の十字路北國銀行角を右折し百万石通りを行った。左手に中央公園、石川近代美術館など、右手は市役所で、時節柄金箔のクリスマスツリーが飾られ金沢の土地柄を偲ばせた。

左手に金沢城の武者返しの城壁、突き当たりが兼六園でここは高台である。

兼六園とは宋の『落陽名園記』が名園の資格としてあげる「壮大・幽邃《ゆうすい》・人力《じんりょく》・蒼古《そうこ》・水泉《すいせん》・眺望《ちょうぼう》」の六条件を兼ね備えるとして、一二代前田斉広《なりなが》に依頼された幕府老中の松平定信が文政五年（一八二二）に名付けた。

二本足の姿が琴の弦を支える琴柱に、手前の琴橋を琴の胴に見立てる兼六園のシンボル的存在のことじ灯籠は、雪で壊れて足の長さが違い、一つは池の中に一つは地上にあってそのアンバランスが周りの景色を引き締めるのだという。

兼六園の霞ヶ池も曲水も金沢城の堀の水や防火用水として一一キロ先の犀川から引いた辰巳用水が水源になっている。

旧金沢陸軍兵器庫利用の石川県立歴史博物館には、現在の自家用車にあたる武士使用の武家用駕籠、タクシーにあたる大都市専用の駕籠「よつで」駕籠、宿駅などにある旅人用駕籠などの展示があり楽しい。

翌朝本願寺東別院、西別院を目指し金沢表参道通りを行く。参道通りの結納店のウインドウには松竹梅など水引細工が飾られ、仏具店では伝統的工芸品である金沢仏壇が飾られていた。

左手の安江町に東本願寺（真宗大谷派）金沢別院（東別院）の大きな門があり、「元旦、修正会…真宗大谷派金沢別院、午前一時」の立て札が建っていた。さて左折して行くと笠市町二に西本願寺（真宗本願寺派）金沢別院（西別院）の石柱が建っており、折から、幼稚園の送迎用バスで境内はにぎわってきた。

本願寺は浄土真宗（一向宗）の本山。親鸞（承安三年〈一一七三〉～弘長二年〈一二六二〉）死後一〇年後に娘が京都東山大谷に墓を遷し御影堂を建て、鎌倉末に本願寺と称したが叡山衆徒に壊されたので、八世蓮如が近江堅田に移り、越前吉崎を根拠に講組織と御文章で教団勢力を広げ、畿内・北陸に拡大し京都山科に本願寺を再興した。

一〇世証如は畿内の戦乱を避け、山科から大坂石山（石山御坊）に本願寺を創建した。以後寺域を広げ新興商工業者を集め防衛施設を強化するなど一大領主勢力となり、統一権力を目指す織田信長と元亀元年（一五七〇）以来一〇年間対立（石山合戦）、天正八年（一五八〇）敗れ、堂舎は焼亡した。

一一世顕如の長男教如が一二世を継ぐが、秀吉の命で引退、次男准如に一二世を譲り、天正一九年（一五九一）豊臣秀吉が京都堀河通りに寺領を寄進、堂宇（西本願寺）を建立したが、徳川家康は慶長七年（一六〇二）一一世顕如の長男教如に京都烏山通りに寺領を寄進、教如は一二世と称し東本願寺を創建し、こうして本願寺は東西に分裂したという。

第二部　石川県金沢市浅野川寄り

金沢は七月…

松門跡碑

（旧ダイエー前、武蔵ヶ辻バス停。八〇番柳橋行、八四番大浦行・木越住宅行、八五番木越住宅行。↓春日町バス停。↓徒歩一〇分、〇・五キロ。桜丘高等学校。金沢市大樋《おおひ》町一六の一への登口に建つ。松門跡碑）

さて武蔵ヶ辻の交差点にオニヤンマが一匹死んでおり、中心街なのに自然に恵まれているのだと驚く。

春日町バス停で下車。このバス通りと平行して奥に走っている旧道に入り、角のスーパーの主人に尋ねると右手に「旧北国街道」石碑と説明板、その三～四メートル先に「大樋《おおひ》松門」説明板と六メートルほどの松が立っていた。

説明板によると古代には北陸道《ほくろくどう》と呼ばれ、加賀と越前《福井県》の国境から、海岸沿いに手取河口比楽《ひらか》へ出、内陸部を北東へ進んだが、近世には大聖寺、小松、松任《まっとう》、野々市《ののいち》という内陸道に変わり、やがて有松に達し犀川大橋を経て城下となった。旧北国街道は、加賀では上口《かみくち》街道（上街道・上口往還）と呼ばれ、さらに浅野川大橋から森本を経て、津幡を通る延長は下口街道（下街道・下口往還）と呼ばれた。

今いるこの道路は旧北国街道下口往還に位置し、加賀藩主の参勤交代一九一回のうちほとんどはこの道を通行した。

この路線のほぼ中央の辻に松が植えられ、「此の松門《まつもん》をば春日町と大樋町との境界となし」（「金沢古蹟志」から）とこの松門が城下の入り口とされ、藩主の行列は城からここまで威儀を正し、帰城もここで行列を整えたとある。

松の傍らの立て札によれば、旧城下の幹線道中央の辻である町地と郡地の境界線の町家の前に、小松一株を植え松門といったとある。

坂戸米穀店（江戸後期）

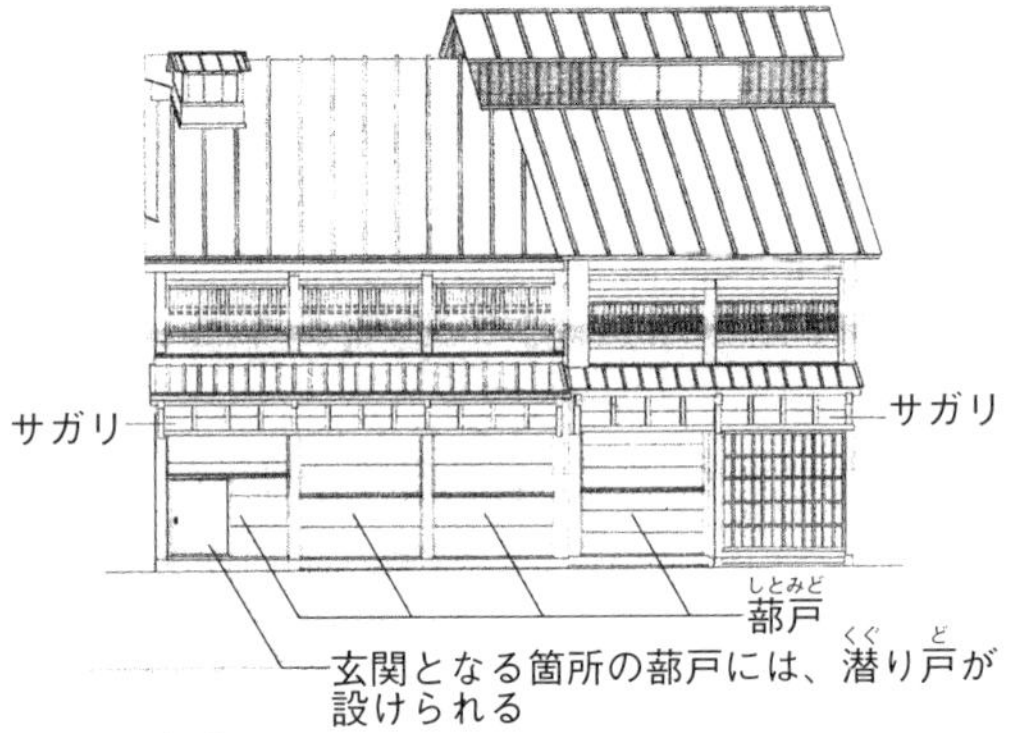

坂戸米穀店図

松の左手が石川県立金沢桜ヶ丘高等学校の登り口で、昔はここに木戸があった。

この松門の左手前に初めて見るような、どっしりした構えの坂戸米穀店があった。江戸後期の建造物で、文化八年（一八一一）の「金沢町絵図」に鍛冶坂戸屋吉兵衛の名が見え、三代目から今の米穀商となった。

表構えに蔀《しとみ》やサガリなどの町屋の古い意匠を遺し、二棟の建物を一棟として利用する珍しい形態で、かつての町屋と共に旧北国街道の面影を偲ばせた。
道を戻り、先のスーパーを通り過ぎて行くと左手に立派な石柱「鳴和滝石柱」が建つ。路地を行くが芭蕉の木がいやに育っているなとよく見ると、大きな黄色い花びらの先に楕円形の大きなバナナのような実が沢山付いていた。

❖鳴和の滝（鹿島神社）

（松門跡碑→徒歩二五分、一・五㌔。鹿島神社。石川県金沢市鳴和町七一一七）

松門跡碑から道を戻り、左手に立派な石柱「鳴和滝石柱」が建つ路地を行った。芭蕉に似た木が実を付けている坂細道の山上、うっそうとした樹木の間に鹿島神社があり、その右脇に水音を立てて鳴和の滝があった。謡曲「安宅」や歌舞伎

鳴和の滝

「勧進帳」の安宅の関を逃れた義経弁慶一行が一息ついた所である。「鳴和の滝」の説明碑の背後に二本の滝が五～六メートルほどの高さから落ちる奥まった静かな場所で、ほたるぶくろなどの花が盛りであった。

国道一五九号線の山の上バス停向かいに「北国街道」石碑が建ち、次の十字路を左折すると入り口右手に「卯辰山公園線」とあった。

北枝《ほくし》宅跡＝源意庵跡①

（鹿島神社より徒歩一〇分、〇・五キロ。北枝宅跡。石川県金沢市春日町一の二六↓徒歩一〇分、〇・六キロ。小坂神社。金沢市山ノ上町四二の一）

十五日　快晴。高岡ヲ立、…クリカラヲ見テ、未ノ中刻《午後二時半ごろ》、金沢ニ着。京や吉兵衛ニ宿かり、竹雀・一笑へ通ズ、(即)刻、竹雀・牧童同道ニテ来テ談。一笑、去一二月六日死去ノ由。　『曾良旅日記』

十七日　快晴。翁、源意庵へ遊。予、病気故、不レ随。今夜、丑ノ比《午前一時半ごろ》ヨリ雨強降テ、暁止。『曾良旅日記』

廿一日　快晴。高徹ニ逢、薬ヲ乞。翁ハ北枝・一水同道ニテ寺ニ遊。『曾良旅日記』

金沢に着いた芭蕉に一笑が昨一二月に亡くなったのを、竹雀と共に知らせにきた牧童は、通称研屋彦三郎で、研師北枝の兄であった。

北枝は加賀国小松の生まれだが金沢に移住し、兄牧童と共に加賀藩御用の刀研師で、貞享（一六八四〜一六八七）ごろから談林風から蕉風へと傾倒していった。

芭蕉来沢の際、兄と蕉門に入門、小春亭や松玄庵興行の連句に同座した。越前国松岡まで芭蕉に随伴、俳諧の指導を受け、山中温泉で芭蕉・曾良と山中三吟の歌仙を巻いた。

『山中集（天保一〇年〈一八三九〉）』は山中三吟を収め、芭蕉の指導添削を北枝が筆録したものを出版、『山中問答（文久二年〈一八六二〉、北枝著）』は俳諧論書で、山中三吟興行での芭蕉の教えを北枝が書きとどめたもの。芭蕉の言説を伝える貴重な資料といわれる。元禄三年（一六九〇）、家焼失の際の吟「焼けにけりされども花はちりすまし」は風雅を解すると芭蕉から賞賛されている。

住居を転々とし、旧観音町（現・東山）に始まり旧下新町（現・尾張町）、春日町と住み替え、そこに源意庵を構えていた。

北枝は酒好きで清貧に甘んじながら俳道に精進し後世、蕉門十哲《じってつ》（榎本其角、服部嵐雪《らんせつ》、向井去来、内藤丈草、杉山杉風《さんぷう》、志太野坡《やば》、越智《おち》越人、立花北枝、森川許六《きょろく》、各務《かがみ》支考）の一人に数えられている。

さて鹿島神社から歩いて卯辰山公園線に入った。山の上バス停のある城北大通りから卯辰山の麓一帯が、五〇余の寺が散在する卯辰山麓寺院群である。

北枝宅跡が分からず山の上バス停傍らの交番で尋ねると、「来た道を入って二〇〇メートル左側に吉田茂さん（春日町一の二六＝北枝宅跡）の所」で、向かい側に早稲田医院があるという。再度行ってみると、先ほど行き過ぎた所で、今では何の跡形もなかった。

再び山上交差点に戻り、左折して山を登って行くと正面が小坂神社であった。芭蕉もこの坂を上り下りしたのか…と思う。

小坂神社は養老元年（七一七）創始だが、文明（一四六九〜一四八七）、長享（一四八七〜一四八九）の一揆で災害にあい、寛永一三年（一六三六）加賀藩主前田利常により現地に再興し、金沢北郊鎮護の大社とした。境内社として五社があり、鳴滝社もその一つ。

前田家は、小坂神社・宇多須神社・神明宮など五社を金沢五社とし、参拝を奨励した。階段中ごろ、右手の大きな榧《かや》の根元に「芭蕉翁巡錫地」石碑が建ち、側面に北枝の句「此の山の神にしあれば鹿に月」が刻まれていた。芭蕉は神社北側の谷間で舟遊びをし、句会を開いたという。

さてまた元の国道一五九号線に戻った。

心蓮社

（小坂神社より徒歩一五分、〇・七キロ。心蓮社。山の上町四の一一）

小坂神社から元の道に戻ると、卯辰山公園線入り口には、説明板と「道中安全」の五《メートル》ほどの石灯籠が建つ。

バス通りに戻り木島医院の七〜八軒先からまた山側へ入ると、左入り口に「金池山心蓮社」石柱が建っていた。

門右手の地蔵堂には立・座像の三体の磨耗した地蔵が祀られ、脇のガクアジサイの大きな紫の濃淡が鮮やかであった。

この寺は浄土宗で、能登長氏二〇代の末裔長続連《つきつら》が開基した。法主の座を退き北陸下向の際禁裏より拝領した「阿弥陀三尊来迎図（平安末期のもの）」が寺宝で、国指定重要文化財となっている。

庭は金沢市の名勝指定、築山池泉式の書院庭園で江戸初期の作庭。卯辰山斜面の夕ブ、カヤ、ツバキなど自然木を借景とし、江戸時代作庭の寺院庭園として貴重という。

墓地に芭蕉十哲の一人・立花北枝や俳人高桑蘭更、文化－文政期（一八〇四〜一八二九）の藩政改革の先駆者寺島蔵人の墓があるというので本堂右手の墓地入り口に建つ「著名人墓石位置図」に基づき探し回るが、実際の墓の配置はこの図とは違っているという。

参道を行くと右手に高桑蘭更の墓、参道を右折して行った比較的広い敷地に「北枝先生」と彫った墓、右手に「しぐれねば又松風の只おかず　北枝」の丸みをおびた句碑が建ち、「小松の人、蕉門十哲の一人で加賀俳諧の祖」など俳人堀麦水の筆で記されていた。

さらに階段で山を登っていくと頂上に寺島蔵人の墓があった。

さて建物の一部を潜っていくと築山池泉式庭園の横手に出る。池と築山、紅葉の青が美しいが残念ながら荒れた感じであった。

西養寺《さいようじ》

（心蓮社より徒歩二〇分、〇・八キロ。西養寺。石川県金沢市東山二丁目一一番三五号→徒歩五分、〇・二五キロ。蓮昌寺。金沢市東山二丁目一一番二三号）

十五日　快晴。高岡ヲ立、埴生八幡ヲ拝ス。…未ノ中刻《午後二時半ごろ》、金沢ニ着。京や吉兵衛ニ宿かり、竹雀・一笑へ通ズ、(即）刻、竹雀・牧童同道ニテ来テ談。『曾良旅日記』

十六日　快晴。巳ノ刻《午前九時半ごろ》、カゴヲ遣シテ竹雀ヨリ迎、川原町、宮竹や喜左衛門方へ移ル。『曾良旅日記』

廿四日　快晴。金沢ヲ立。小春・牧童・乙州、町ハヅレ迄送ル。雲口・一泉・徳子等、野々市迄送ル。『曾良旅日記』

芭蕉が金沢で世話になった宮竹屋（喜左衛門）の次男伊右衛門は竹雀と号し、後に小春《しょうしゅん》と号したが、この小春の菩提寺という西養寺に行ってみることにした。

心蓮社からバス通りに再び出、信号機二つ目を左へ入る。左手に「旧高道町《きゅうたかみちまち》」という石柱が建っていた。

側面に、藩政初期の北陸道は現在の道路の西にあったが、今の道路が山側で高い所を通るのでこの名で呼ばれるようになったとある。

森山バス停留所を過ぎ二つ目の信号を左折し、福井銀行の斜め向かいの路地、寺が続く道をあがると頂上に、石段が高く続く西養寺があった。

この寺は寛正のころ（一四六〇～一四六五）越前国の府中（福井県武生）に、天台宗真盛派として成学大法師により創建された。

七代住職の時前田利家や利長の信望が厚く、その移転と共に越中の守山、富山、高岡へ移り、さらに金沢の八坂《はっさか》に寺坊を建立、慶長一七年（一六一二）前田利常より眺望絶景の現在地を賜わり諸堂を建立した。

西養寺

八代住職快恵は師匠慈眼大師天海大僧正の命を受け、真盛派から延暦寺派となり、加賀藩より一五か条の制書を附与され、触頭《ふれがしら》となった。

触頭とは寺社奉行の命令を配下の寺院に伝え、配下の訴願を寺社奉行に取り次ぐ役職の寺で、加賀藩天台宗寺院の興廃、僧侶の風俗などを支配し、天台宗の興隆に寄与した。

天明三年（一七八三）建立の西養寺本堂の入母屋造りに向唐破風《むかいからはふ》造りの玄関（式台）を付けた意匠は全国的にも少なく金沢の寺院建築の特性を示して貴重という。

さて立派な門扉を入るときれいに整備され、本堂に上がると見事な板張りで、この寺には元禄時代からの過去帳が残っているという。

宮竹屋小春の墓について尋ねてみると、裏山には墓が五〇〇、寺に位牌が七〇〇あるが、現在では墓の九〇％、位牌の七〇％は無縁となっているとは、大黒さんの話であった。

宮竹屋小春は墓はないが位牌があるといい、「辯山量海居士　霊位」と記され、両脇に「元文五《一七四〇》庚申年」「二月初四日」と彫られた古い位牌を見せてくれた。

このように位牌は西養寺にあるのだが、墓は養子が野田山へ移したと残念そうに言う。

富裕であったろう小春がまずは西養寺に葬られ、後に養子に依って野田山に墓が移されたというのは、宗派の違いによるのか、もっと別の理由によるのか野田山に行ってみれば分かるのだろうか。

蓮昌寺

（西養寺より徒歩五分、〇・二五キロ。蓮昌寺。石川県金沢市東山二丁目一一番二三号）

蓮昌寺山門から見下ろす卯辰山への坂道

西養寺階段下の路地を左折し、最初の丁字路の左上の石段を上る。この卯辰山道はくねくねとした家並みの間の細道を上る。

芭蕉と交遊があり蓮昌寺の塔頭《たっちゅう》に住み、俳諧で諸国を漫遊し風流の奇人として知られた秋の坊の碑が境内にある。

蓮昌寺は大正一〇年（一五八二）創建。日蓮宗・大本山京都妙顕寺の門末で加越能三国の触頭を務めたが昭和一六年（一九四一）三月にその支配関係を解消したとある。

金沢三大仏の一つ、丈六（高さ約四・八メートル）の釈迦如来立像を安置している。

山門は高台に位置し海側からの強い風を受けるため、城郭の門に多い高麗門であった。

普通の屋根以外に左右の控柱《ひかえばしら》の上にも屋根があり、金沢城の石川門一の門と同型である。

秋の坊句碑

境内に大きなごろ石を積み上げた、いかにも奇人の碑らしい秋の坊句碑「睦月四日、よろづ此の世を去るもよし」が建っていた。

丈六の釈迦如来立像について尋ねると、ツヤツヤと黒光りする瓦が見事な本堂に案内された。金沢瓦がツヤツヤと黒いのは釉薬をかけて雪を滑りやすくするためなのだという。

本堂に上がると、微かな微笑をたたえた大きな南無釈迦牟尼仏に優しく迎えられ、ほっとする。江戸時代初期の楠木の寄木造りで、四・八メートル以上を大仏というのだという、丈六の釈迦如来像は全国に四体だという。

ところで釈迦如来は五〇〇、阿弥陀如来は二五〇の願いを叶えてくれるなどという話は楽しかった。

宇多須神社・宝泉寺・ひがし茶屋街

（蓮昌寺から徒歩五分、〇・三五キロ。宇多須神社。石川県金沢市東山一丁目三〇の八↓徒歩五分、〇・三五キロ。宝泉寺。石川県金沢市子来町《こらいまち》五七↓徒歩五分、〇・二五キロ。ひがし茶屋街、志摩。金沢市東山一丁目一三の二一↓徒歩五分、〇・二五キロ。橋場町バス停留所）

さて階段を下りて左の路地へ入ると右手が宇多須神社の裏手であった。

境内奥の、道の傍らに石の蓋をされた「利常公酒湯《ささゆ》の井戸」の所に出た。五代綱紀が疱瘡になった時、利常の命で御神水を沸かした湯に酒を入れた「酒湯」を作り体にかけ平癒したという井戸水の跡という。

宇多須神社は養老二年（七一八）卯辰村字一本松に卯辰治田多門天社として創建された。浅野川から掘り出された古鏡の裏面に、卯と辰の文様があり卯辰神として祀ったという。

元弘元年（一三三一）後醍醐天皇のクーデターや、建武二年（一三三五）以降の足利尊氏の反乱による兵乱に炎上後、現在地に遷した。

慶長四年（一五九九）加賀藩初代藩主前田利家が没し、二代藩主利長は利家を神として祀ろうとしたが徳川幕府に遠慮し、守山（高岡市）の物部八幡宮と榊葉神明宮（氷見市）の神霊を遷座するとして神社地内に社殿を建て、併せて利家の神霊も祀り卯辰八幡宮と称して藩社とした。

卯辰八幡宮は廃藩置県で明治六年（一八七三）尾山町に社殿を造り、尾山神社と改称した。

本来の卯辰治田多門天社は、明治三四年（一九〇一）卯辰山の古名が宇多須山ということから宇多須神社と改称された。

さて表門から出ることになってしまったが、宇多須神社の門いっぱいに大きく分厚い茅《ち》の輪が架けられていて印象的であった。

宇多須神社の左へ二〇〇メートル上がると左に「子来坂」石柱。右手の石段を上がると宝泉寺であった。

境内左手に小さな石碑「柳陰軒《りゅういんけん》址　ちる柳あるじも我も鐘をきく　芭蕉」が建つ。この卯辰山の賢聖坊の住職柳陰軒は別号「句空」で談林派であったが、来沢した芭蕉に入門、この時右の句を芭蕉が吟じたという。

この賢聖坊を宝泉寺と考えてよいのか。石川県に問い合わせてみたが分からなかった。

句空は元禄四年（一六九一）の秋、粟津義仲寺の無名庵に滞在中の芭蕉を訪ねている。

宝泉寺は空海創建といわれ中世前期に展開した密教寺院で、初代利家の守本尊「摩利支天」を祀り、「高野山真言宗五本松寶泉寺」とあった。境内の、五幹に分かれ天にそびえる五本松が有名なのだという。

日本文学研究家ドナルド・キーンが「落陽の光景が金沢一の寺」と絶賛した展望台入り口左手に、天狗が住むという五本松があった。

展望台からは眼下に浅野川、金沢の黒い瓦屋根が所狭しと並び左手は白山連峰か。

宝泉寺からさらに坂を下り宇多須神社向かいの坂を下る道へ入るとひがし茶屋街である。

この辺は、金沢城下と越中を結ぶ北国街道の下口として人や物資が行き交い、卯辰山山麓の寺社の行事や門前町の茶屋でにぎわった。

加賀藩は町人たちの風俗を取り締まり、武家社会の治安を保つために文政三年（一八二〇）散在していたお茶屋を集めて、地域を限った茶屋町を正式に認めた。

今ではひがし茶屋街と呼ばれ国の重要伝統的建造物群保存地区に選定されているひがし廓《くるわ》は、格子戸と大戸、それに二階の造りが高く、藩政時代の面影を残し金沢で最も情緒のある街並みといわれる。

文政三年に建てたお茶屋で、造りをそのまま残している「志摩」に入ってみた。

ひがし茶屋街・志摩、左二軒目

お茶屋の一階は家人用、二階は天井が高く客間専用で、志摩の二階は、道路側から前座敷、なかの間、ひろ間、はなれとなっていた。

通路、準備の場として使われた「なかの間」以外の客間には、お客が床の間を背にして座ると正面が控えの間（演舞場）となっており、襖が開くと艶やかな舞や三弦などの遊芸が披露された。

料亭に比べお茶屋は、客に遊び場所を提供する貸座敷の役割を果たし、こじんまりと繊細で限られた時の中で繰り広げられる非日常の世界で、芸妓は歌舞音曲や装いなど全身で美・粋を表現し、客は野暮を嫌い自らも芸を嗜み芸と美の後援者となったという。

京屋吉兵衛宿跡

（橋場町バス停留所より徒歩三分、〇・一六キロ。京屋吉兵衛の宿跡。石川県金沢市東山三）

卯《う》の花山《はなやま》・くりからが谷をこえて、金沢は七月中《なか》の五日《いつか》也。爰《ここ》に大坂《おほざか》よりかよふ商人何処《かしょ》と云者有《いふものあり》。それが旅宿をともにす。『おくのほそ道』

十五日　快晴。高岡ヲ立、埴生八幡ヲ拝ス。…クリカラヲ見テ、未ノ中刻《午後二時半ごろ》、金沢ニ着。

京や吉兵衛ニ宿かり、竹雀・一笑へ通ズ、（即）刻、竹雀・牧童同道ニテ来テ談。一笑、去十二月六日死去ノ由。『曾良旅日記』

金沢に着くと芭蕉はまず、大坂商人何処と京屋吉兵衛方に泊まり、翌一六日竹雀の駕籠で宮竹屋喜左衛門方に移り八日間世話になった。

京屋吉兵衛方とは、通説によれば浅野川大橋北詰の「つばたや呉服店」の辺りらしい。

そこで橋場町バス停留所で下り、国道一五九号線に架かる浅野川大橋を渡った。浅野川大橋橋詰には、明暦三年（一六五七）初めて金沢城下に設けられた火の見櫓が継承され、大正一三年（一九二四）建設銘板のある鉄骨造りの火の見櫓が古色蒼然と立っていた。

つばたや呉服店を探したが見当たらず、浅野川大橋を渡った所の浅野川大橋交番で尋ね、行ってみると橋を渡り一つ目の信号機から六軒目の、昆布など海産物を商う大きな店「しら井」辺りが、京屋吉兵衛宿跡らしい。国道一五九号線沿いの立派な構えであった。

繊細な流れで女川ともいう浅野川は滔々と流れ、白山は見えないが緑に包まれ美しかった。

北枝宅跡＝源意庵跡②

（京屋吉兵衛の宿跡。↓徒歩八分、〇・四〇キロ。久保市《くぼいち》乙剣宮《おとつるぎぐう》。金沢市尾張町二の一六の七二↓源意庵跡。↓六分、〇・三二キロ。↓尾張町バス停留所）

十七日　快晴。翁、源意庵へ遊。予、病気故、不レ随。今夜、丑ノ比《午前一時半ごろ》ヨリ雨強降テ、暁止。　『曾良旅日記』

北枝宅跡①の章でも述べたように、北枝は居を転々とし、そこに源意庵を構えていたのだが、芭蕉が訪れたのは尾張町説が有力とされているので、行ってみることにした。

浅野川大橋から戻り、浅野川大橋南詰から一つ目の信号を右折して行くと右側に尾張町郵便局があり、金沢駅方面行きバス通りの坂道左手に「石川県里程元標」が建っていた。

右側の森八の大きなビルと隣のビルの間の道を入って行くと、突き当たりが久保市乙剣宮であった。お宮の入り口にくちなしの大きな花が馥郁《ふくいく》と香っている。

久保市乙剣宮に向かって右隣の金丸氏宅の左横に「芭蕉ゆかりの地　立花北枝宅跡」という立て札が建ち、芭蕉が訪れたのはここ尾張町説が有力で、ここで「あか〳〵と日は難面《つれなく》もあきの風」が初めて披露されたとあった。

秋の日が西に傾き野や山を一面に赤く染め、旅の身の自分の顔にも照り付けてくるのだが、暑いとはいっても野末を渡る秋風は冷え冷えとうら寂しい感じがするというのである。

この家は二階が低く、二階も一階も玄関の入り口も格子造りで、黒瓦が一階の庇にのせられ間口は四～五間か、狭いが奥行きが深かった。

ところで向かい側は泉鏡花記念館であった。

第三部　石川県金沢市・野々市市・白山市・能美郡・能美市

あか〱と日は難面《つれなく》も…

野畑（野端山・野田山）

（金沢駅東口バスターミナル七番乗り場より、二一番北陸学院短大、つつじが丘住宅行または、二二番寺町経由大桑住宅、大桑タウン行で野田バス停留所下車。所要二〇～三〇分。↓徒歩三〇分、一・三キロ。大乗寺。石川県金沢市長坂町ル－一〇↓徒歩二五分、一・一キロ。前田家墓地。石川県金沢市野田町）

十七日　快晴。翁、源意庵へ遊。予、病気故、不レ随。今夜、丑ノ比《午前一時半ごろ》ヨリ雨強降テ、暁止。　『曾良旅日記』

ところで「予、病気故、不レ随。」と曾良が体調を崩して芭蕉と行動を共にできなくなったのは、「おくのほそ道」の旅が始まって以来初めてのことである。「今夜、丑ノ比ヨリ雨強降テ、暁止。」と、夜中の午前一時半ごろから雨が強く降り出し、夜明けごろ止んだと記すほど具合が悪く、眠れなかったのであろう。

　十八日　快晴。
　十九日　快晴。各来。
　廿日　快晴。庵ニテ一泉饗。俳、一折有テ、夕方、野畑ニ遊。帰テ、夜食出テ散ズ。子ノ刻《午前零時ごろ》ニ成。
　廿一日　快晴。高徹ニ逢、薬ヲ乞。翁ハ北枝・一水同道ニテ寺ニ遊。十徳二ツ。十六四。
『曾良旅日記』

一八日も一九日も快晴であったが、芭蕉のことは何も記していない。二〇日も快晴で、曾良も回復したのか一泉の松玄庵での俳席に一泉、ノ松《べつしょう》、雲口、乙州《おとくに》（近江大津の人で金沢にやって来ていた）、北枝らとの一三吟半歌仙（歌仙の半分）に連なり、終わってから野畑山に遊び、解散したのは深夜零時になっていた。野畑は金沢市内の野端山（野田山）のことである。二一日には曾良は病気がぶりかえし、牧童と親交があり俳人でもあった医者高徹に薬を頼むはめとなった。

そうした曾良をさておき、芭蕉の方は北枝・一水を連れて寺を訪問している。寺とは金沢卯辰山麓の、明王院の境内に句空《くくう》が構えていた草庵柳陰軒《りゅういんけん》とも、秋の坊が卯辰山蓮昌寺内に結んでいた秋日庵ともいわれる。談林派俳人句空は来沢の芭蕉に入門し、元禄四年（一六九一）義仲寺の無名庵に芭蕉を訪ねている。

ところで「十徳二ツ　十六四」であるが、「十徳」は儒者や医師などが礼服として身に着けた黒の薄衣で、芭蕉も着ていた。越中・加賀は八講布《ぬの》という麻布の産地で、宮中の法華八講会で僧への布施に用いられたというから、誰かに贈られたのかもしれない。

「十六四」は何かの記号らしい。

芭蕉は延宝八年（一六八〇）談林俳諧宗匠の仕事も捨て深川に隠棲したが、蕉門俳諧は情報に長ける土地では知られており、芸事に長けた金沢の人々には周知のことであったろうから、俳席を設け指導を受ければ謝礼は当然であったろう。ただ芭蕉自身、既に宗匠ではないという自覚が強かったので、指導を受けた人々は曾良に手渡し、曾良もそのへんを考慮して記号をつかったのではあるまいか。

曾良（慶安二年〈一六四九〉～宝永七年〈一七一〇〉）は通称河合惣五郎。信濃国上諏訪の人で、伊勢国長島の大智院の住職をしていた叔父のつてで長島藩（松平家）に仕官したが、天和《てんな》（一六八一～一六八四）のころ辞め江戸に出、吉川惟足《きっかわこれたり》に神道・和歌を学んだ。野ざらし紀行の旅から帰った（貞享二年〈一六八五〉四月末）芭蕉に入門、芭蕉庵近くに住み性格は穏やかで真面目。芭蕉が貞享四年（一六八七）、仏頂を訪ねがてら鹿島の中秋の名月を見に鹿島紀行の旅に出た際、禅僧の宋波と随伴している。

曾良が現実を客観的に認識し記憶する能力に長けていたことは、『曾良旅日記』に顕著に現れている。晩年は江戸幕府の巡国使に随行し、九州の壱岐勝本で六一歳で客死した。

かつて『万葉集』巡りをしていた際、偶然この曾良の墓に行き合い驚いたことがある。

さて芭蕉たちは快晴の二〇日、一泉の松玄庵で一三吟半歌仙を終え、夕方野田山に散策に出かけた。野田山は標高一七五・四メートル、古くから交通の便があり眺望が良かったので、加賀藩主前田利家が兄利久をこの地に埋葬し、以降前田家藩主一五代にわたりその墓所となった。風光明媚な野田山を見せたいという土地の人々に誘われ芭蕉は散策に出かけた。

そこで野田山を訪ねてみることにした。

野田バス停留所で下車し前方の坂道を上る。山側環状道路へ出、一つ目の信号で環状道路を渡ったが、この辺りは石材店が多く家並みはみな立派であった。

この野田山の中腹にある曹洞宗の古刹大乗寺は、加賀守護富樫が永平寺三代を招いて野々市に創建したが兵火などに遭い、藩老本多家の保護を受け元禄一〇年（一六九七）現在地に移転した。芭蕉が金沢を訪れたのは元禄二年（一六八九）であり、元禄七年（一六九四）一〇月一二日には亡くなっているのだから、芭蕉が訪れた時にはまだなかった。

さて大乗寺の深い木立の中、仁王像の立つ山門の奥に本堂が建ち、工事中であったが七堂伽藍の内部の土間を廻ることができた。大乗寺の女東司《とうす》から外へ出ると、右手は大乗寺丘陵総合公園で芝生が美しかった。

野田山、前田家墓地

頂のベンチから望むと眼下に金沢市街を一望でき、快晴で空には朧に残月がかかり、遥か高く鳶が二羽悠々と気流に乗って旋回し、芭蕉もこの眺望を楽しんだであろうか。

さて野田山の北東斜面が野田山墓地となる。野田山の急坂を上って行くと駐車場があり、右手前に前田家墓地の入り口があった。説明板には、墓は神式で鳥居の奥に塚があり、石柱墓標が立っている簡素なものとある。

入り口から左折すると右手に神式にのっとった前田利長の大きな墓所があった。さらに行くと道は狭く苔むして滑りやすく、左側は山も荒れ崩れ始めていた。隣奥に小ぶりの利長夫人墓所。この左手の道を入ると利家が兄利久のために造った利久公の墓所があった。戻って利長公墓所右手の道に入って突き当たりが利家公墓所で、石柱脇に「加賀能登越中国主」とあった。

一番奥の高い所にあるこれら前田家墓地から斜面を下って行くと、重臣から中堅武士、下級武士へと墓石が並び、さらに一般市民の墓がえんえんと続く墓地の中を歩いていると松や椿が多かった。

宮ノ越（金石《かないわ》町）

（金沢駅東口⑦⑧⑨⑩番バス乗り場から周遊バス、一〇〇円→武蔵ヶ辻下車。武蔵ヶ辻から六〇番金石行、六一番大野行、または六三番大野湊行→二〇分、三六〇円。金石下車。→徒歩五分、〇・三キロ。本隆寺。石川県金沢市金石西三丁目二番二三号→徒歩一五分、一キロ。石川県銭屋五兵衛記念館。石川県金沢市金石本町ロ五五→徒歩六分、〇・四キロ。西警察署前。大野湊神社。石川県金沢市寺中《じちゅう》町ハ一六三番地→西警察署前バス

停留所→武蔵ヶ辻）

廿三日　快晴。翁ハ雲口主ニテ宮ノ越ニ遊。予、病気故、不レ行。江戸ヘノ状認。鯉市・田平・川源等ヘ也。徹ヨリ薬請。以上六貼也。今宵、牧童・紅爾等願二滞留一。

『曾良旅日記』

二三日も快晴で、芭蕉は雲口を案内役に北枝・牧童・小春らと宮ノ越に行った。曾良は具合が悪く、宿で江戸の鯉市（杉山杉風）・田平（田中平丞）・川源（伊勢国長島藩士の川合源右衛門）ら宛に書簡を認めた。

明日出立ということは決まっていたので、高徹の往診を受け薬を六包もらった。暮れ方牧童と紅爾が来て芭蕉にさらなる滞留を頼んだが出立の決心は変わらなかった。

さて元和二年（一六一六）金沢城下から日本海に向かって一直線に五キロほど造られた金石街道（宮越往還）は、金沢の外港として繁栄した金石港に向かう幹線道路となった。

金石町は江戸時代初期から宮越町と呼ばれ、前田利家の時代から町奉行が置かれた水陸交通の要衝で、後に大野湊と共に北前船の基地として栄え、加賀藩の蔵米や材木、専売品の塩などの商売で城下町経済を支えた。

宮ノ越には大野湊神社があり、連歌師飯尾宗祇（応永二八〈一四二一〉～文亀二年〈一五〇二〉）も訪れたという。

大野湊神社は聖武天皇神亀四年（七二七）猿田彦大神を、神明社（祭神　天照大神）の傍らに勧請したのが始まりという。

猿田彦大神と天照大神を合祀してより、この社を大野郷（旧宮越・現金石町）の湊の守護神として大野郷神社と称されるようになった。後深草天皇建長四年（一二五二）社殿炎上により、現在地に奉遷された。

加賀藩主前田利家は任国の際、本陣となった当社の荒廃を憂い社殿を再興させ、二代前田利長は毎年の神事能興行の例をつくり、三代前田利常は氏子村を増加させるなど歴代藩主の崇敬厚く加賀藩五社の筆頭の位置にあった宮ノ越に金沢の人々は芭蕉をぜひ案内したかったのであろう。

そこで金石町を訪ねてみることにした。金石のバス停留所の反対側に出て右折し、芭蕉句碑のある本龍寺を目指した。

門前に「蓮如上人御廟所」とある本龍寺に入って左手に、「南無阿弥陀仏」と彫った銭屋五兵衛の立派な墓があった。

説明板などによれば安永二年（一七七五）金石町に生まれた五兵衛は銭屋の三代目を襲名、両替商、材木商などを営業。三九歳の時廻船業に乗り出したが、五八歳ごろから海商として全国各地に支店をつくった。

一方、加賀藩は江戸時代の中期から後期になると財政が困窮し、商人たちに献上金を課した。執権奥村栄実に相談された五兵衛は海外交易の必要性を説き、加賀藩は鎖国政策下の密貿易を黙認、五兵衛から多額の献上金を受けたが、幕府に知れるのを恐れるようになった。

五兵衛は河北潟を美田にしようと二〇年計画の干拓計画を立てたが、嘉永四年（一八五一）から始めた工事は難行し潟に死魚が打ち上げられたり、食した漁民が中毒死する河北潟事件が起き、嘉永五年（一八五二）毒を投入した疑いで一族が検挙され、

芭蕉句碑

五兵衛は同年獄中で八〇歳の生涯を閉じたという。

さて本堂左手前の松の下に芭蕉句碑「小鯛さす柳すずしや海士が軒」が建ち、「…芭蕉が連句指導のために金石に立ち寄った際の連句の発句である」と説明書きがついていた。

境内には黒松が多く、お寺の前が旧道であった。大きな鯉が泳いでいる細い川を「にまいはし」で渡る。金石本町を通り金石中学校前へでた。鳶がなく。

バス停留所西警察署前を通り、この地方道一七号線（金石街道）と地方道八号線の交差点にあるローソンを右折し、また左折していく。

州浜橋を渡った左手に大野湊緑地公園・大野湊神社の看板が建ち、この敷地内に石川県銭屋五兵衛記念館も銭五の館もある。

公園内には大きな池があり、七〇歳の喜寿祝いに作ったという大きな銭五句碑「這いのぼる齢たのしや古希清水」が建ち、牛蛙の鳴き声がのどかであった。

延喜式内社「大野湊神社」の鳥居を潜る。新潟県の勝木《がつぎ》駅傍にあった筥堅《はこがた》八幡宮の社叢を思わせるような、原生林のごとき小暗き中を行くと、奥まった所がカラリ開けて神社の正面入り口となり、入って右手に茅の輪が用意され、その左手に神社があった。

神社へ入って行く手前右手に寺中台場を移したという台場趾があり、左手には三《メートル》近い「北前船の大錨《いかり》（江戸末）」が展示されている。船がいかに大きく荷が沢山であったかがうかがえるこの錨は平成九年（一九九七）氷見沖二〇《キロ》の狼煙《のろし》岬で引き揚げたという。

北前船の収益は船頭による買積みの商才にかかり、船頭は各地の特産物を安値で買い付け、高値で売れる港で売りさばくのが北前船独特の商いであるとか、昆布荷などの実物展示またシネマシアターなど県銭屋五兵衛記念館等々説得力があって楽しかった。

野々市《ののいち》

（北陸本線上り金沢駅→西金沢駅下車。→北陸鉄道石川線下り新西金沢駅より野々市駅下車→徒歩一三分、〇・六キロ。布市神社。石川県野々市市本町《ほんまち》二丁目一四番一三号→徒歩六分、〇・三キロ。喜多記念館。石川県野々市市本町三丁目八番一一号→徒歩一二分、〇・六キロ。富樫館《やかた》跡碑。石川県野々市市本町二丁目七）

廿四日　快晴。金沢ヲ立。小春・牧童・乙州、町ハヅレ迄送る。雲口・一泉・徳子等、野々市迄送ル。餅・酒等持参。申ノ上尅《午後三時半ごろ》、小松ニ着。竹意同道故、近江ヤト云ニ宿ス。北枝随レ之。夜中、雨降ル。　『曾良旅日記』

芭蕉は金沢に九泊もしていたので、出立する時には、小春・牧童・乙州・雲口・一泉・徳子・竹意・北枝の八人が餅と酒を持参してついてきた。

金沢の町はずれで持参の酒を酌み交わし小春・牧童・乙州と別れ、あとの五人はさらに同道、野々市で雲口・一泉、徳子が別れた。

さて「野々市」とはよく耳にする地名だが、どういう土地柄であったろうか。金沢と野々市の間には、安宅関で義経と見極めながら見逃してくれた富樫の館跡がある。

平泉（岩手県平泉町）で「夏草や兵どもが夢の跡」と「泪を落とし」たほどの芭蕉の判官贔屓《びいき》は、当時の人々に共通であったろうから、道々この話で盛り上がったに違いない。

さて野々市は北国街道と、鶴来《つるぎ》（白山市）・宮越湊を結ぶ横断路の白山大道《しらやまおおみち》が交差し、中世のころから人の往来・物資の流通の拠点として加賀平野中央部の市町《いち》として栄えた。

富樫は鎌倉中期に加賀武士団の棟梁として頭角を現し、南北朝初期に加賀の守護となり、一五世紀に野々市に守護所を置くと、野々市は政治・経済の中心地となって繁栄した。

長享二年（一四八八）一向一揆が起きると富樫政親は守護所での防衛を諦め、二キロほど離れた高尾城《たこう》で敗れた。

野々市宿跡　右・布市神社

そこで野々市を歩いてみることにした。野々市駅で下車し野々市踏切を越え湾曲した道を行った。

金沢城下町から越前へ向かう北国街道の最初の宿駅野々市本町の町並みはL字型で、この旧街道（県道一七九号線）の東野々市バス停留所の前を通り火徐橋を渡った。右手、白山神社の高い大杉が目につく。

本町二丁目の交差点を右へ、ここで北国街道はL字になっていく。野々市市立図書館の左隣に布市神社（住吉の宮）があった。

社殿の前に並ぶ石灯籠、境内の樹齢五〇〇年とされる公孫樹の巨木や杉などの木々に富樫創建と伝わる神社の古さと由緒が偲ばれ、境内左手に二メートルほどの「富樫郷　住吉神社」の石柱が建っていた。

布市神社の正門前の通りが野々市宿なのだろう。さっぱりした町並みで、この辺りに布を商う市を開いていたのだろうか。

神社の左側には川が流れ、一軒置いて野々市の肝煎《きもいり》を務めたこともある「野々市指定有形文化財」の水毛生《みもうけ》家住宅があった。表構えは農家、内部の間取りは町家で茶室をはじめ京風に洗練された数寄屋造りという。

さて右手、今では児童館になっている場所に野々市村の道路元標がひっそり建っていた。

左手野々市郵便局を過ぎると右手に金沢町家の典型的な建物という喜多記念館があった。喜多家は貞享三年（一六八六）福井藩の武士が禄を離れ、野々市に居住し代々油屋治兵衛として知られ幕末からは酒造りを営んだ。

芭蕉が野々市を訪れたのは元禄二年（一六八九）であるからこの喜多屋の前を通って行ったであろう。

しかし明治二四年（一八九一）野々市の大火で一部を残しほぼ消失、現在の母屋は金沢市材木町の醤油屋の建物を移築したという。

富樫館跡碑

正面の細い縦格子による木虫籠《きむすこ》、「さがり」といわれる小庇の板壁など典型的な加賀の町屋形式という。

ところで元禄ごろから野々市煎餅が有名という。菓子屋で野々市煎餅と勧進帳最中を購入するが、電車時間の都合でこれから詰め合わせるというおばさんの包装を手伝うはめとなった。

さて富樫館跡碑があるという北陸鉄道石川線野々市工大前駅を目指して旧北国街道を戻ったが、途中真新しい「旧北国街道」の石柱が建っている。

本町二丁目の信号を右折して行くと栗の木が花盛りで、野々市工大前駅の自転車置き場の、大銀杏の木の下に高さ三メートル、幅一メートルほどの富樫館跡碑が建っていた。

松任《まっとう》

（北陸本線上り金沢駅↓松任駅下車。↓松任城址公園（旧おかりや公園）石川県白山市古城町四二番地↓一里塚橋↓青木家臨川書屋　旧加賀藩本陣跡。白山市東一番町二番地↓若宮八幡宮。白山市若宮一丁目一〇〇番地↓加賀の千代居宅跡。白山市八日市町六↓御旅屋《おたや》跡の碑。白山市中町二六↓聖興寺《しょうこうじ》。石川県白山市中町五六↓木戸のあった茶屋↓出城八幡宮。白山市成町一↓宮丸一里塚の碑。↓荒野柏野・下柏野。↓夏《げ》の水《みず》観音堂。白山市福留《ふくどめ》町南一丁目七八九番地↓源兵島・水島↓水島の一里塚碑。↓農村公園。石川県能美郡川北町橘子《ね》一四↓手取川《てどりがわ》橋。↓吉光の一里塚。石川県能美市吉光町↓長田の一里塚跡。↓梯《かけはし》大橋。↓小松駅）

松任は『おくのほそ道』『曾良旅日記』に記されないが、野々市から小松を目指せば通った道で、一里八丁、一時間ほどで芭蕉たちは松任に着いた。

そこで車を使い要所を歩いてみた。

さて松任駅を背に南方に、松任城本丸跡を公園にした大きな「旧おかりや公園」がある。

松任城は中世には在地領主松任氏の居城だが、一向一揆の末期には上杉謙信と織田信長に挟まれ抵抗した一揆の群団長の一人鏑木《かぶらき》頼信《よりのぶ》の居城であった。

一世紀に及ぶ加賀一向一揆が終わり、松任が加賀藩領となると、慶長二〇年（一六一五）の一国一城令に先んじ前年廃城され、町奉行を置くが寛文五年（一六六五）に廃止され群奉行の支配下となった。芭蕉たちはそうした松任を歩いたことになる。

芭蕉が訪れた元禄時代の初めごろには松任紬や松任小倉など絹織物・木綿織物の取引が盛んで、布市・四日市・八日市などの地名が多いが今では繊維業はないという。

さて野々市から松任への入り口にある一里塚碑を見て行くことにした。野々市から来る県道二九一号線から、八ツ矢町で右手の細い旧街道へ入り二〇〇㍍ほど行った、用水と見まがうほどの地元の人のいう馬渡川に架かる一里塚橋を渡ると、川の左手に「一里山跡」という一里塚碑が建っている。

四日市町の交差点の角に道標「左金沢道」「右京都道」が建つ。この北国街道金沢道は狭く古い家並みが続いており、四日市交差点から戻ったすぐ右手に青木家臨川書屋と名付けられた旧加賀藩本陣跡があった。

笠問屋青木家は歴代町年寄役を務め、中町にあった藩営施設御旅屋が廃止された後、寛保元年（一七四一）から正式に松任旅館御用も務め明治初期まで続いた。したがって芭蕉が通ったころは笠問屋であったろう。

野々市から松任へ　左・県道291号線、右・旧街道

四日市の交差点を左折、松任の産土社として信奉をあつめる若宮八幡宮は、諏訪社・菅原社など七つもの境内社が祀られているが、菅原社の向かい側に千代句碑の道標が建ち「右京都道」「左金沢道」とあり、「道もその道に叶ふてもの涼し」という千代女の送別の句が刻まれ、背後の立派な覆堂の中に千代像が建っていた。

さて四日市交差点に戻り右折して行くと松任の中心街となり、八日市町の白山みそ木村屋の左端に石碑「松任御傳馬所之跡」が建ち、斜め向かいの駐車場奥に千代女屋敷跡がある。

加賀の千代女（元禄一六年〈一七〇三〉～安永四年〈一七七五〉）は松任の表具師の娘で、一一歳のころ俳諧を学び一七歳で蕉門十哲の一人各務支考に賞された。全国的にも俳諧が盛んで金沢城下にも芭蕉門下の来訪が多かった。

一八歳で金沢に嫁したが二〇歳の時、夫に先立たれ生家に帰り、七三歳で亡くなるまで松任で過ごし、「朝顔やつるべ取られてもらひ水」の句は有名である。

松任駅に通じる中央通りを横切ると、御旅屋、高札場、町役所がある町の中核部に入る。

さて中町のファミリーマートの向かいに、一・五メートルほどの「御旅屋跡」の石碑が建ち、脇に「寛永二〇年《一六四三》加賀四代藩主前田光高により御旅屋が設けられた。加賀および大聖寺藩主の宿泊や休憩に利用されたが宝永七年《一七一〇》に取り壊された」などとあり、「中町」バス停留所の脇に「高札場跡」の石柱が建つ。

さて松任宿を出、木戸のあったという茶屋から左手の細い北国街道へ入った。松並木の名残という松が一本だけ、左手の出城八幡宮の中に今もそびえている。次第に住宅が少なくなり田園風景の中を行く。やがて道路の左隅に、正面に「一里山跡」、次いで「左松任迄二八町」「右柏野迄四町」と刻まれた宮丸の一里塚跡の石標が建っていた。

この左手が加賀藩の鷹場跡であろうか。辺り一面田で、遠く倉ヶ岳、獅子吼《ししく》山、奥に白山などの白山山系を望むことができた。

さて荒屋柏野の柏野じょんがら公園に「北陸街道」という大きな案内板が建ち位置の確認ができた。この辺り、稲田と枝豆の畑が続く。

やがて県道松任市・寺井線との合流地点からすぐの左手に夏《げ》の水《みず》観世音の観音堂があり、手前の覆い堂の中に水が湧き出たらしい場所があったが、昭和五三年（一九七八）には涸れてしまったという。説明板によれば「夏の水」とは野辺の小菊が芽を出し始める五月ごろ清らかな水が湧き出し、秋も終わりの菊の散るころ清水が涸れるのでいうとある。

夏の水観音堂

　昔、暴雨洪水で村人が泥水を飲み悪病に苦しんだが、福留村天正寺の僧が観音の霊夢にこの地の湧水を知って往還通行の人々の苦しみを救い、明暦年間（一六五五〜一六五八）十一面観音像を石に刻み天正寺に安置したが、寛文（一六六一〜七三）初めごろこの地に移した。芭蕉が歩いた元禄二年（一六八九）七月二四日（新暦九月七日）にはすでに祀られており、「夏の水」も湧いていた。

　宮丸の一里塚からずっと、北国街道は加賀平野のカラッと開けた田と畑の中を歩くことになり、冬は寒く夏は暑い単調な道であったから特に夏はありがたかったであろう。

　さて一級河川手取川間近の地名「木呂場《ころば》」は、手取川を運ばれてきた材木の陸揚げ場でこの名がついた。左手に少彦名《すくなびこな》神社があり、その斜め向かいに「農村総合整備事

業川北地区　農村公園緑化整備」の図示板、左手に公園入り口がある。

丈高く伸びた雑草を分け入った左手中央の「芭蕉の渡し」石碑に「…《芭蕉と曽良は》わが川北町の木呂場あたりから粟生《あお》宿場に至ったと思われる。曽良日記に見える小松到着の時刻などからすると、手取川の渡渉は残暑最も厳しい午頃であったろう」などとあり、昭和五五年《一九八〇》川北町俳句協会が建てたとある。草ぼうぼうの中にねじばなが一際濃い紅色の花をつけていた。

手取川橋の手前で川を眺めると、川幅は広いが流れが三本となりゴウゴウと水音を立て、釣り人がいた。左手の白山山系は、もやって只今の気温二五度とあった。

粟生《あお》の信号で右折し寺井を目指す。右手前方の田に三本の木が立っている。左手の一番高い木が吉光《よしみつ》の一里塚の木という。「県指定史跡　吉光の一里塚」石柱が建ち、元は粟生宿駅にあったが明治一四年（一八八二）の手取川洪水で北側の一基は流れ南側の一基のみ残ったという。北陸街道の松並木と区別するための一里塚の榎は、海からの強風で陸地側へひどく反り返っていた。

さて寺井の細道へ戻り国道八号線を渡ると長田に着く。北陸本線を潜って行くと梯《かけはし》川を渡る梯大橋となる。江戸時代初め船を並べ板を渡した船橋があったが、前田利常が小松に入城した寛永一七年（一六四〇）より堅固に架け替えたという。「かけ（梯）橋」とは、船橋は出水の時は橋板を増し平水には橋板を減じ、洪水予見の時は橋板をはずして船の流失を防ぎ、橋板を架けたりはずしたりしたのでかけはしと名付け川の名も大川を、梯川というようになったという。今では一級河川で立派な橋が架かっていた。

第四部　石川県小松市

しほらしき名や小松吹《ふく》……

太田《ただ》（多田・多太）神社

（北陸本線小松駅より徒歩一五分、一キロ。多太神社。石川県小松市上本折町七二）

廿四日　快晴。金沢ヲ立。…中ノ上尅《午後三時半ごろ》、小松ニ着。竹意同道故、近江ヤト云ニ宿ス。北枝随レ之。夜中、雨降ル。

『曾良旅日記』

芭蕉たちは七月二四日（陽暦九月七日）小松を目指して金沢を発ち、見送りの大半の人たちとは野々市で別れた。残った竹意と小松出身の北枝が同道し三時半ごろ小松に着き、竹意が懇意にしていた宿近江ヤに宿を取った。

廿五日　快晴。欲㆓小松立㆒、所衆聞テ以㆓北枝㆒留。立松寺へ移ル。多田八幡へ詣デ、、真盛が甲冑・木曾願書ヲ拝。…

『曾良旅日記』

小松と云《いふ》所にて

しほらしき名や小松吹《ふく》萩《はぎ》すゝき

此《この》所、太田《ただ》の神社に詣《まうづ》。実盛《さねもり》が甲《かぶと》・錦《にしき》の切《きれ》あり。往昔《そのかみ》、源氏に属《ぞく》せし時、義朝《よしとも》公より（賜）はらせ給《たまふ》とかや。げにも平士《ひらさぶらひ》のものにあらず。目庇《まびさし》より吹返《ふきがへ》しまで、菊（唐）草のほりもの金《こがね》をちりばめ、竜頭《たつがしら》に鍬形打《くはがたうつ》たり。（実）盛討死《うちじに》の後《のち》、木曾義仲願状《きそのよしなかぐわんじやう》にそへて、此社《このやしろ》にこめられ侍《はべる》よし、樋口《ひぐち》の次郎が使《つかひ》せし事共《ことども》、まのあたり縁起にみえたり。

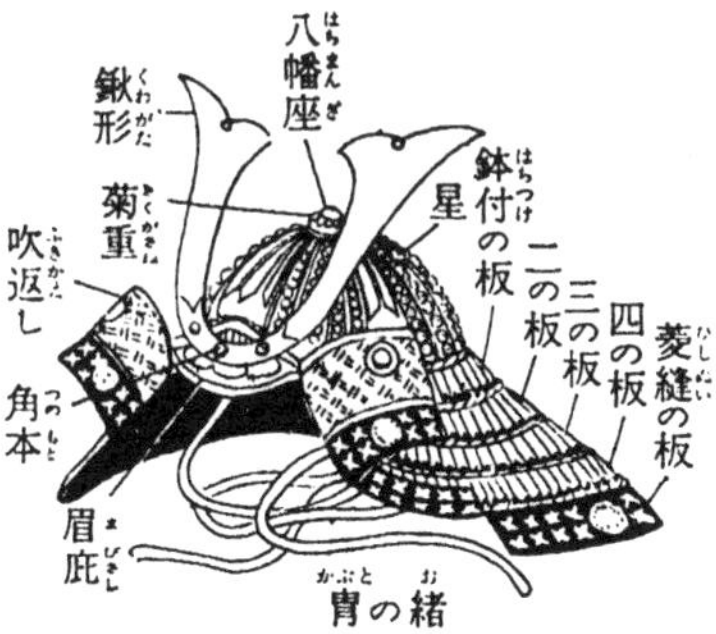

甲《かぶと》（兜）

むざんやな甲《かぶと》の下のきりぎりす

立松寺は小松市寺町の建聖寺の誤り。翌日小松を発とうとしたが引きとめられ建聖寺に移り、翌二五日芭蕉たちは多太神社を参拝した。

「小松」とはなんとも愛らしい名で、可憐な小松に吹く風が辺りの萩や薄をなびかせしおらしいという。多太神社には斎藤別当実盛の兜や錦の鎧直垂の切れ端があった。実盛は代々越前の人だが、武蔵国長井に移り源為義・義朝親子に仕えた。保元の乱で戦功があったが平治の乱で負け義朝に従い東走、義朝滅亡後は平宗盛に仕え、平家の侍大将として頼朝軍と富士川で戦い敗走した。

一方木曾義仲は、源義朝の弟源義賢《よしかた》の次男で二歳の時、上野国《こうずけのくに》に勢力拡張をはかった父義賢が、関東を組織しようとする義朝の長男で頼朝の異母兄悪源太義平《よしひら》に敗死。義仲は斎藤別当実盛の勧めで木曾山里の兼遠《かねとう》に養育され一三歳で元服した。

寿永二年（一一八三）平維盛が一〇万の兵で北陸に木曾義仲を攻めたがその状況を謡曲『実盛』にみてみよう。

さても篠原《しのわら》の合戦《カせん》敗《やぶ》れしかば、源氏《げんじ》の方《かた》に手塚《てづか》の太郎光盛《たろおみつもり》、木曾殿《きそどの》のおん前《まえ》に参《まい》り申すやう、光盛《みつもり》こそ奇異《きい》の曲者《くせもの》と組んで首《くび》取《と》って候へ、大将《たいしょお》かと見れば続く勢《せい》もなし、また侍《さむらい》かと思へば錦《にしき》の直垂《ひたたれ》を着《き》たり、名のれ名のれと責《せ》むれども終《つい》に名のらず、聲は坂東聲《ばんどおごえ》にて候ふと申す、木曾殿《きそどの》、あつぱれ斎藤別当実盛《さいとおベツとおさねもり》にてやあるらん、然らば鬢鬚白髪《びんひげはくはつ》たるべきが、黒きこそ不審《ふしん》なれ、樋口《ひぐち》の二郎《じろお》は見知《みし》りたるらんとて召《め》されしかば、樋口参《ひぐちまい》りただひと目見《めみ》て涙《なみだ》をはらはらと流《なが》いて、あな無慚《むざん》やな斎藤別当《さいとおベツとお》にて候ひけるぞや、実盛常《さねもりつね》に申せしは、六十《ろくジウ》に餘《あま》つて戦《いくさ》をせば、若殿《わかとの》ばらと争《あらそ》ひて、先《さき》を駈《か》けんも大人気《おとなげ》なし、また老武者《ろおむしゃ》とて人びとに、侮《あなど》られんも口惜《くちお》しかるべし、鬢鬚《びんひげ》を墨《すみ》に染《そ》め、若《わか》やぎ討《う》ち死《じ》にすべきよし、常《つね》づね申し候ひしが、まことに染《そ》めて候。洗《あら》はせてご覧《らん》候へと、…墨《すみ》は流れ落ちて、元《もと》の白髪《はくはツ》となりにけり、げに名を惜《お》しむ弓取りは、たれもかくこそあるべけれや、あら優《やさ》しやとて、皆感涙《みなかんるい》をぞ流しける。

謡曲『実盛』

義仲の願状には、実盛は源家に仕え勲功を挙げたが、後に平家に下り篠原の戦いで自分と戦い命を落とした。昔実盛と父子の約束をしたこともあり、菩提を弔うため実盛の甲や錦の直垂を願状に添え多太八幡に収めるとある。

芭蕉は謡曲『実盛』を思い出し、老武者の最後を悼んだが、源氏贔屓《びいき》の芭蕉からすると甲も錦の直垂も源氏ゆかりのものになってしまっている。


芭蕉は一三歳の時、松永貞徳の貞門派の代表俳人北村季吟に俳諧を習っていた伊賀付き侍大将藤堂新七郎良精《よしきよ》の嫡男良忠に仕え、共に俳諧を習うようになった。

俳諧とは「滑稽・機知・ユーモア」の意で、「俳諧連歌」はこれらを主体に和歌の上の句と下の句を二人で作り連ねて一首とした。しかし俳諧は和歌を母体としているだけに、次第に本来の「俳諧連歌」から逸《そ》れ、「有心連歌」という優雅な和歌的世界を目標とするようになるが、戦国時代には本来の俳諧連歌が地下で詠み継がれ、これを集めた山崎宗鑑の俳諧連歌集『新撰犬筑波集』などが、有心連歌から本来の俳諧連歌を独立させるきっかけとなった。

江戸時代、松永貞徳が俳諧連歌を独立させ「俳諧」というようになったが、連歌同様上層部の人々にも愛好されるよう、古典・古歌にちなんだ掛詞、縁語などによる上品な滑稽味を追及した。芭蕉が学び始めたのはこうした貞門派の俳諧で、源氏物語・謡曲など古典や古歌の知識が必要であったが、良忠の父良精は古典の愛好者で、良忠と共に良精の蔵書を読んでいたであろうから、実盛の甲や錦の切れ端、神社の由来書を見た時、謡曲『実盛』が瞬時に浮かんだに違いない。

実盛の甲の下で淋しい声できりぎりす（今の蟋蟀《こおろぎ》）が鳴いているが、白髪を染めて健気に奮闘した実盛の最後がいたいたしいという。

さて多太神社は駅を背に左手方向にある。地方道四号線を行き左手の本折地蔵堂を過ぎて丁度道路の二股路になる手前の左手が多太神社の森で神社の入り口があった。一の鳥居前の左手説明台石の上に、甲の正面に「八幡大菩薩」と記した石の甲が飾られていた。

参道右手に松尾芭蕉翁の銅像、左下に奉納碑「むざんやな甲の下のきりぎりす　芭蕉」、灯籠をはさんで右下に横長の「むざんやな甲のしたのきりぎりす」石碑、その先右側に斎藤別当実盛の鏡を見ながら髪を染めている石像と石碑「実盛公縁起」が建っていた。

さて正面に多太神社のお社、説明板「謡曲『実盛』と多太神社」、山中温泉に行く途中また多太神社に詣で、芭蕉一行が詠んだ「あなむざん甲の下のきりぎりす　芭蕉幾秋か甲にきへぬ鬢の霜　曽良　くさずりのうち珍らしや秋の風　北枝」句や、『おくのほそ道』のこの章を記したものが建っている。

「多太神社」は六世紀はじめ継体天皇の勧請による。平安時代初期延喜式内社に列し、寛弘五年（一〇〇八）多太八幡宮と称した。寿永二年（一一八三）木曾義仲が実盛の甲・錦の鎧直垂の切れ端を奉納して戦勝祈願。応永二一年（一四一四）時宗一四世が実盛の甲を供養、歴代遊行上人が今も参詣、加賀三代藩主利常は寛永一七年（一六四〇）社地を寄進、明治一五年（一八八二）県社に指定された。

山王神社（本折日吉神社）

（多太神社より徒歩一五分、〇・九キロ。石川県小松市本折町一）

廿五日　快晴。…多田八幡へ詣デ、真盛が甲冑・木曾願書ヲ拝。終テ山王神主藤井伊豆宅へ行。有レ会。終テ此ニ宿。申ノ刻《午後五時ごろ》ヨリ雨降リ、夕方止。夜中、折々降ル。

『曾良旅日記』

七月廿五日小松山王会

しほらしき名や小松吹萩薄　翁

『俳諧書留』

芭蕉と曾良は七月二五日、多太神社へ参詣し、それから山王神主の藤井伊豆（俳号鼓蟾《こせん》）方へ招かれ、夜の句会で「しほらしき名や小松吹萩薄」を披露、これを発句に四四句の連句ができた。

一座は芭蕉・曾良の他、鼓蟾・北枝・歓生などで、この夜は藤井伊豆方に泊まった。

廿六日　朝止テ巳ノ刻《午前九時半ごろ》ヨリ風雨甚シ。今日ハ歓生方へ被レ招。
申ノ刻《午後五時ごろ》ヨリ晴。夜ニ入テ、俳、五十句。終テ帰ル。庚申也。

『曾良旅日記』

廿六日同歓水亭会　雨中也

ぬれて行や人もおかしき雨の萩　翁
心せよ下駄のひゞきも萩露　ソラ
かまきりや引こぼしたる萩露　北枝

『俳諧書留』

翌二六日は歓生宅に招かれ、夜、芭蕉の「ぬれて行く人もおかしき雨の萩」を発句に鼓蟾・歓生・曾良・北枝ら一座の連句五〇韻ができた。この夜は青面金剛・猿田彦などを祀り徹夜の遊びをして寝ずにいる庚申で、歓生方から建聖寺へ戻り、そこで庚申を過ごしたのであろうか。

さて本折日吉神社を目指した。

多太神社から地方道四号線を戻り、本折町の左手の信号機と信号機の真ん中ぐらい、左手に本折日吉神社の石柱、奥に赤い鳥居の日吉神社があった。朱塗りの鳥居、次の木の鳥居手前左右に神猿と、見ざる・聞かざる・言わざるの三猿の像があり、鳥居を潜ると日吉稲荷社の赤い鳥居が四つほど続き、奥にお社があった。

さて右脇奥の欅の木の下に大きな「芭蕉留杖の地」石碑が建つ。脇に建てられた円柱に「芭蕉が元禄二年（一六八九）旧暦七月二十四日小松に入り、翌二十五日小松山王宮神主藤村伊豆守章重（俳号）鼓蟾の館に一泊し同夜芭蕉をはじめ曽良・北枝・歓生・塵生ら十人が催した山王句会は有名である。曽良日記に前書きと吟句が書きとどめられている。

しほらしき名やこまつふく萩すゝき　芭蕉

露を見しりて影うつす月　鼓蟾」などとあった。

建聖寺《けんしょうじ》

（本折日吉神社から徒歩一〇分、〇・六キロ。建聖寺。石川県小松市寺町九四）

廿五日　快晴。欲㆓小松立㆒、所衆聞テ以㆓北枝㆒留。立松寺へ移ル。多田八幡へ詣デヽ、…

廿六日　…今日ハ歓生宅へ被㆑招。…夜ニ入テ、俳、五十句。終テ帰ル。庚申也。

『曾良旅日記』

「立松寺」は「建聖寺」の書き誤りではといわれる。

二五日には小松を発つつもりだったが、滞在することにし、近江ヤからこの建聖寺に移った。

二五日には山王神社の藤井伊豆宅で夜の句会があり、泊まったが、二六日の歓生宅での連句の会が終わると建聖寺に帰った。

さて本折日吉神社から寺町を行った。

途中小松市教育委員会の「寺町」の説明板に、慶長三年（一五九八）町に移ってきた寺をはじめ、慶長九年（一六〇四）に建聖寺など寺が多く建てられたのが町名の由来とある。

左手に建聖寺があり、門左手の塀に「建聖寺の仏涅槃図」と、蕉門十哲の一人立花北枝作の座像の芭蕉木像があるという「芭蕉木像」の説明板が懸かっていた。

門の入り口に「それせ越留杖の地」石柱が建ち、門内に入って右手の塀前にいずれも古く摩耗した「しほらしき名や小松吹萩すゝき」句碑と「蕉翁」の石碑が建っていた。

芭蕉木像の拝観を乞うと、茶の座布団に鎮座した芭蕉木像は、年月と多くの人の手を経たせいか、木像と覚えぬほどに黒光りしており、一八㌢ほどの芭蕉座像は左膝を立てやや左向きで、立膝に両手を添えてやや微笑んだくつろいだ顔で、木像裏面には「元禄みのとし北枝謹で作之」とあった。

菟橋《うはし》神社（諏訪神社）

（建聖寺より徒歩一〇分、〇・六㌔。菟橋神社。石川県小松市浜田町イの二三三）

廿七日　快晴。所ノ諏訪宮祭ノ由聞テ詣。巳ノ上刻《午前八時半ごろ》、立。

斧卜・志格等来テ留トイヘドモ、立。伊豆尽甚持賞ス。八幡ヘノ奉納ノ句有。真盛が句也。予・北枝随レ之。

『曾良旅日記』

二七日は諏訪神社の祭礼なので参拝した。

斧卜や志格らが滞在を頼んだが、二五日には発つつもりだったから午前八時半ごろ出立した。斧卜や志格らは藤井伊豆宅や歓生宅での連句の席に出ていたのであろう。山王神社の藤井伊豆はお別れだと大層御馳走してくれた。

芭蕉、曾良、北枝たちは再び多太八幡へ詣で、北枝の『卯辰集（元禄四年刊）』によればそれぞれ次の句を奉納したようである。

多田の神社にまうでゝ木曾義仲の願書幷実盛がよろひかぶとを拝ス。三句

あなむざんや甲の下のきり〴〵す　翁

幾秋か甲にきへぬ鬢の霜　曾良

くさずりのうら珍しや秋の風　北枝

さて菟橋神社を目指す。安斎橋を渡ると左手に諏訪神社の杜、入って左手に石鳥居、太い赤松の奥に本殿があり右手に諏訪会館があった。「菟橋神社（延喜式内）」の石柱が建ち、入り口の大きな石柱に「しをらしき名や小松ふく萩薄　元禄二年秋二十七日快晴所ノ諏訪宮祭ノ由聞テ芭蕉曾良詣」とある。赤鳥居の手前に「延喜式神名帳に登載された古社、江戸時代初期の貴重な神社建築である。」などとあり太いしめ飾りの銅板葺きの拝殿である。

鍵の手の道を曲がりに曲がって駅に着いた。

❖ 安宅関

（北陸本線小松駅より徒歩一時間、四㌔。石川県小松市安宅町タ一七）

さて『おくのほそ道　新潟・富山』の「伏木」の章で「義経記　如意の渡」について述べている。小矢部川沿いの如意の渡しで、義経が渡し守の権守《ごんのかみ》に判官殿ではないかと疑われ、弁慶が義経をさんざん打ちのめした話である。

この話は、如意の渡しは安宅関に、渡し守は守護富樫に、扇は金剛杖へと大きく脚色されていき、謡曲『安宅』、歌舞伎十八番の『勧進帳』が作られていった。勿論史実ではないのだが、人々の判官贔屓の強さがうかがえる。

なぜ「安宅関」に舞台が移されたのか。

安宅は梯川の河口にあり、古代から交通の要衝で古くは延暦八年（七八九）に「安宅駅」の文字が見え、奈良・平安時代には北陸道の宿駅として駅馬が配置され、官人たちの交通に利用されたが、寿永二年（一一八三）五月には、義仲と平氏軍との激戦地となった。

中世になると加賀の海岸線を走り北上する道の、梯川の河口付近に橋が架けられ、安宅は梯川の河口の要津、また渡河の要地となり、江戸時代には加賀藩の米蔵が並び、北前船の寄港地として発展した。

芭蕉も曾良も触れてはいないが、安宅関を訪ねてみた。列車時刻の都合もあり、小松駅より車で前川を渡って行った。

右手に梯川を見ながら駐車場に入る。日本海の安宅海岸沿いに日本の歴史公園百選の一つ安宅公園、入って右手に安宅関石碑が建つ。その左脇に弁慶中心に富樫、義経の大きな銅像が建ち、右奥に勧進帳ものがたり館があり、安宅発見ゾーンや義経・弁慶発見ゾーン、シアターゾーンでは歌舞伎の『勧進帳』などが楽しめた。

さて安宅住吉神社にお参りし帰路についたが、急ぎすぎて肝心要の安宅関跡を見落とした。

翌年も再度、列車時刻の合間をぬって安宅関跡のみを目指した。

今日は風が強く白波が立っている。安宅関の門を潜り松林の中を行き、左折して松林の中の階段を上りさらに左に折れるとすぐ、小高く囲われた中に二㍍ほどの「安宅関址」という古い石柱が建っ

安宅関跡

ていた。松林の中だけに分かりにくい。激しい海鳴りのなか、海風に包まれて安宅関は静かに松林の中にたたずみ、沢山の松ぼっくりが落ちていた。

かつてこの海は遠浅で白砂青松の海水浴場であったが、潮の加減で海底の砂がえぐり取られ、今は急に深くなっている所があって海水浴には向かないという。

第五部　石川県加賀市・小松市

山中や菊はたおらぬ…

山中温泉

（北陸本線加賀温泉駅より車で三〇分。バス停留所「本町木戸跡」下車。↓徒歩七分、〇・四キロ。芭蕉の館。石川県加賀市山中温泉本町二丁目二八六番地の一↓徒歩二分、〇・一キロ。芭蕉逗留泉屋の跡。↓徒歩二分、〇・一キロ）

温泉《いでゆ》に浴《よく》す。其（効）有明に次《つぐ》と云《いふ》。

山中《やまなか》や菊はた（を）らぬ湯の匂《にほひ》

あるじとする（者）は、久米之助《くめのすけ》とて、いまだ小童《せうどう》也。かれが父俳諧を好み、洛《らく》の貞室《ていしつ》、若輩《じゃくはい》のむかし、爰《ここ》に来《きた》りし比《ころ》、風雅に辱《はづか》しめられて、洛に帰《かへり》て貞徳《ていとく》の門人となつて世にしらる。功名の後、此《この》一村判詞《はんじ》の料《れう》を請《うけ》ずと云《いふ》。今更《いまさら》むかし語《がたり》とはなりぬ。……

『おくのほそ道』

廿七日　快晴。所ノ諏訪宮祭ノ由聞テ詣。巳ノ上刻《午前八時半ごろ》、立。……同晩　山中ニ申ノ下尅《午後五時前後》、着。泉屋久米之助方ニ宿ス。山ノ方、……伊豆尽甚持賞ス。……南ノ方ヨリ北ヘ夕立通ル。

『曾良旅日記』

芭蕉は七月二七日（陽暦九月一〇日）小松から山中温泉に向かい午後五時ごろ着いた。山中温泉の効能は有明温泉（有馬温泉の間違いといわれている）に次ぐといい、菊の香にもまさるいい湯の匂いが漂っており、寿命も延びる心持がする。長寿延命の菊を、山中温泉へ来る山路で手折ってくる必要もないようだ…というのである。

山中温泉の泉屋の主人は久米之助という少年で、父親は俳諧を好み、京都の貞室が若いころ訪れた際俳諧で父親に恥をかかされ、京都に帰って貞徳の門人となって励み、名を知られるようになった。貞室は功成り名遂げた後も、山中村からは俳諧判詞の点料（句を添削したり、批判したりする謝礼）を申し受けなかったが、今は昔話になってしまった。

泉屋は鎌倉時代に山中を開湯した長谷部信連以来の旧家で代々武家の気品を持ち、禅宗全昌寺の旦那で山中温泉十二家の一つであったが明治になって没落した。

久米之助とは、長谷部又兵衛（延宝三年〈一六七五〉～宝暦元年〈一七五一〉）の幼名で、父又兵衛豊連は延宝七年（一六七九）九月に没し、久米之助は四歳で泉屋を継いだが、伯父で俳人の自笑が後見を務めた。久米之助は芭蕉の来訪を機に入門、芭蕉は自分の俳号桃青の一字と、『詩経』桃妖篇の次の句「桃之夭々灼灼其華　之子于帰宣其室家」に拠り桃妖の号を与え、年若い久米之助の将来を祝福し『泊船集』に次のような句がみられる。

加賀山中《やまなか》、桃妖《たうえう》に名をつけ給ひて
桃の木の其葉《そのは》ちらすな秋の風　『泊船集』

京の貞室が久米之助の父に俳諧の未熟さを指摘されたというが曾良の『俳諧書留』では次のように述べている。

山中ノ湯

山中や菊は手折らじ湯の薫　翁
秋の哀入かはる湯や世の気色　ソラ

（中略）

貞室若クシテ彦左衛門ノ時、加州山中ノ湯へ入テ宿、泉や又兵衛ニ被レ進、俳諧ス。甚恥悔、京ニ帰テ始習テ、一両年過テ、名人トナル。来テ俳モヨホスニ、所ノ者、布而習レ之。以後山中ノ俳、点領ナシニ致遣ス。又兵へハ、今ノ久米之助祖父也。　『俳諧書留』

まず貞室だが、安原正章《まさあきら》、通称鍵屋彦左衛門、別号一嚢軒などと称し剃髪後貞室と称し京都で紙商を営んでいた。

『おくのほそ道』では、貞室の未熟さを指摘したのは久米之助の父又兵衛豊連となっているが、貞室（慶長一四年〈一六〇九〉～延宝元年〈一六七三〉）は六四歳で没し、父が亡くなったのはその六年後なので、父親のほうが若かったのではないかとされ、久米之助の祖父又兵衛景連が寛文七年（一六六七）一一月に没しており、貞室は祖父に指導されたのではないかといわれている。

芭蕉が聞き違えたのか、または例の文学的虚構により、久米之助が幼くして俳諧に長けた父を亡くしたということを強調したかったのかもしれない。

大木戸門跡

さてバス停留所「本町木戸跡」の所に石柱「山中温泉大木戸門跡」が建ち、その右側面に「漁り火に河鹿や波の下むせび　芭蕉」、左側面には「やまなかや菊はたおら

じゆのにほひ　はせを」とあった。この木戸門は江戸時代に湯宿治安のために建てられたという。

停留所の一角は、石柱の背後の池の岩に「手折らじの道」と彫られ、めぐりに植えられた松の青葉やシダが木戸門を偲ばせた。

この道をまっすぐ行くと左手に「ふれあい公園」という大石が埋めこまれ、背後の塀の白壁に次ぎの句「山中や菊はたおらじゆのにほひ　いさり火に河鹿や波の下むせび　桃の木の其葉ちらすな秋の風　湯の名残今宵は肌の寒からむ　今日よりや書付消さん笠の露」を彫った大理石がはめこまれ、左手「芭蕉と山中温泉」として句解がされていた。公園の東側には東屋が建ち、振り返ると高い山の下に山中温泉の古い町並みがあった。

その先左手に芭蕉の館があり入り口左側に、大きな赤石とその説明が記された「奥の細道三百年祭記念碑」という黒石が建っている。赤石右上に芭蕉が泉屋に書き残した芭蕉筆跡の「温泉ノ頌」が彫り込まれている。

温泉ノ頌

北海の磯つたひして　加州やまなかの湧湯に浴ス　里人の曰《いはく》　このところは芙桑三の名湯のその一なりと　まことに浴する事しばしばなれば　皮肉うるほひ筋肉に通りて　心身ゆるく偏《ひとへ》に顔色をとどむるここちす　彼桃源も船をうしなひ慈童が菊の枝折《しをり》もしらす

やまなかや菊はたおらじ湯のにほひ

ばせを

元禄二仲秋日

左下には与謝蕪村の絵と個性的な筆跡の「奥の細道山中の段」が九谷焼の白い陶板に焼き付けられている。江戸中期の俳諧師で画家の蕪村は、独創性を失った当時の俳諧を憂い蕉風への回帰を唱え、『奥の細道』全文に絵画を入れ書写し江戸俳諧中興の祖といわれる。

奥の細道山中の段
曽良は腹を病ていせのくに長島といふところにゆかりあれば先立て行に
行き行きてたふれふすとも萩の原　曽良
と書置たり行もののかなしみのこるもののうらみ雙鳧《そうふ》《一羽のカモ》のわかれて
雲にまよふがことし予も又
けふよりや書付消さむ笠の露

一方入り口の右手に芭蕉の前に頭を垂れた曾良の、いずれも等身大ほどの像が据えられている。この件については全昌寺の章で述べる。

説明板に「芭蕉と曾良の別れ」として、二人の四か月にわたる旅は山中温泉で終わり、それぞれの思いを託した「ゆきゆきてたふれ伏すとも萩の原　曾良」「今日よりや書き付け消さん笠の露　芭蕉」二句が記されていた。

町中には哀調を帯びた山中節《ぶし》が流れていて興趣をそそられた。芭蕉の館で尋ねてみると、居合わせた女性が正調ならず自己流といって朗々と山中節を歌ってくれた。また山中漆器の産地なので、長持ちすること、美しいことの理由で天井、柱、床板など漆を塗っては拭き取り、また塗るという拭き漆を施したかつては旅館であったこの館を、市が買い取ったという。

二階には芭蕉の伝記『芭蕉翁略伝』、俳論集『山中問答』、『おくのほそ道』の素龍清書本、山中湯図などが展示され、芭蕉真蹟の掛け軸や、桃妖関係の真蹟などが展示されていた。

芭蕉の館の向かいに、緑色の屋根の大きな建物が見え、正面入り口に「菊の湯」の木製看板が懸かり、奥に山中座と「菊の湯」女湯が建っている。

菊の湯の斜め向かい「みのわ呉服店」の左隅の潜り戸を入ると玄関前左手に「芭蕉逗留泉屋跡」の二メートルほどの石柱が建ち、左脇に「湯の名残今宵ハ肌の寒からむ」が彫られていた。店の右脇に「芭蕉の小径」という小さな石碑があり、入って行くと芭蕉の館となった。

薬師堂＝医王寺

（菊の湯から徒歩八分、〇・四キロ。薬師堂。石川県加賀市山中温泉薬師町リ一）

廿八日　快晴。夕方、薬師堂其外町辺ヲ見ル。夜ニ入、雨降ル。『曾良旅日記』

薬師堂は古刹で温泉街を一望できる景勝地なので地元の人々の勧めがあったのであろう。

菊の湯とその女湯からさらに行くと山中座がある。山中温泉の湯元にあり、山中節の唄や踊りが鑑賞できるという。山中座の北側の壁の飾り窓に「山中の四聖人」の説明文が記されていた。

一人目は、約一三〇〇年前に山中温泉を発見した奈良時代の行基菩薩、二人目は鎌倉時代平家討伐の密書を全国に発した以仁親王を守るため平家軍と奮戦した功績で能登の地頭となり、白鷺が痛めた足を湯に浸しているのを見、戦乱で荒れ果てた山中の湯治場を再興した武将長谷部信連《のぶつら》、三人目の蓮如は親鸞聖人の教えを説いた「お文」

を山中温泉で書き、その中の「文明第五《一四七三》、九月下旬第二日加州山中湯治《かしゅうやまなかとうじ》之内書集　之訖《のうちかきあつめこれをおわる》」という記述が、山中温泉の最古の文献という。四人目の松尾芭蕉は「おくのほそ道」の旅で山中温泉に滞在し山中温泉の名を全国に知らしめたとあった。

温泉街から階段を上り国道三六四号線を越えるが、右手の階段中腹に「準別格本山醫王寺」と彫られた大きな石柱が建っている。

右脇に「百八煩悩、百八石段」の看板が建つ医王寺の石段を上って行くと、左手に七地蔵が赤い前垂れを掛けていた。さらに石段を上って行くと頭上に道路が架かっていて、左手の山が寺であろうか荒れた感じであった。

境内の説明板によれば、聖武天皇天平年間（七二九〜七四八）に僧行基が開基したが、承平年間（九三一〜九三七）兵火に焼かれ温泉と共に荒廃した。建久年間（一一九〇〜一一九八）長谷部信連が温泉を再発見し、寺を再興、薬師如来を安置した。山中節の一節に「東ゃ松山　西ゃ薬師」と唄われ、古くから温泉入湯客の心と体の安らぎの寺として親しまれてきたとある。

上る石段の左手に滝不動があり、上りきった所の本堂は朱塗りで立派であったが、境内の古刹の雰囲気にはいささかそぐわない感じがするのは、第二次世界大戦後に再建された建物だからなのだろう。本堂に向かって右手に「山中や菊は手折らじ湯の匂ひ」句碑。山沿いに祀られた沢山の小さな古い地蔵はこの寺の古さを示していた。

巌の上方の洞の中には滝不動が祀られ滝が水音を立てて滴り落ち、滝の下の池には僧が水垢離できるように大きな石が設けられていた。

ところで驚いたことにこの境内に「山中漆器蒔絵の祖会津屋由蔵碑」が建ち、昭和四七年山中漆器商工業協同組合や会津屋由蔵四代が建てたという説明碑が建っていた。

天保九年（一八三八）会津若松から漆工の技を持つ由蔵が来山、山中の住人で漆器商の越前屋六右衛門は由蔵の技術の伝授を望んだが他国へ技術を伝授したものは極刑という会津藩の法度があった。

越前屋は由蔵を自宅に止宿させる一方奉行所への再三の嘆願の末滞在許可を得たが、由蔵は故郷の老母を思い、会津に引き返し奉行所に捕えられた。ことの次第を白状したところ、由蔵の孝心に感銘し、放免され再び来山し山中で妻をめとり永住、蒔絵の技法を伝授して山中漆器の発展に貢献、山中蒔絵の基礎が確立したという。由蔵死後、明治二五年（一八九二）石川県知事より、さらに明治三一年（一八九八）農商務大臣より追賞を受けたとある。山中漆器と会津漆器の因縁に心和むものがあった。

今では伝統産業の山中塗は、越前（福井県中・北部）から大聖寺川最上流の集落に移り住んだ木地師の木地挽きの技法が下流の村々に伝わり、元禄年間（一六八八〜一七〇四）には山中温泉で生産が始まったという。このころ訪れた芭蕉も山中漆器に触れたであろうか。

薬師堂の前の道路に出ると、高い山々に囲まれた山中温泉街を見下ろせ、菊の湯やその女湯など緑色の大屋根を認めることができた。

道明《どうみょう》ヶ淵（鶴仙渓）

（医王寺より徒歩三〇分、一・五キロ。黒谷橋。石川県加賀市山中温泉東町《ひがしまち》一丁目→徒歩五分。芭蕉堂。→徒歩一〇分。あやとり橋。加賀市山中温泉河鹿町《かじかまち》→徒歩五分。道明ヶ淵。→徒歩一五分。こおろぎ橋。加賀市山中温泉こおろぎ町下谷町《しもたにまち》→徒歩二〇分、一・二キロ。山中温泉バスターミナル。加賀市山中温泉本町《ほんまち》一丁目ト三二の一。「鶴仙渓」自然遊歩道コースは三〇分、一・三キロ）

廿九日　快晴。道明淵、予、不ㇾ行。
晦日　快晴。道明が淵。
八月朔日　快晴。黒谷橋へ行。
二日　快晴。

『曾良旅日記』

『おくのほそ道』では触れていないが、芭蕉は余程道明ヶ淵が気に入ったのであろう。町を流れる大聖寺川の清流が削った渓谷は今では鶴仙渓遊歩道として整備されているが、芭蕉が二度も訪ねた「道明ヶ淵」とは、大聖寺川で最も深い淵である。
　さて県道三九号線へ入り白鷺大橋の左入り口に「やまなかや菊はたおらじゆのにほひ　ばせを　元禄二仲秋日」が彫られ、橋のたもとには白鷺大橋の由来。白鷺は山中温泉の象徴だという。白鷺大橋の中央向かいに黒谷橋が緑の渓谷に映え、右手の山中央に医王寺が見えた。橋を渡り右手のだらだら坂を下ると、右手に黒谷橋が昭和一〇年竣工の橋板を付け、右奥に白鷺大橋が羽を広げたように架かっていた。

黒谷橋の手前から鶴仙渓遊歩道へ下って行くのだが、川の方へ下らず山道を行くと左手に東山神社があった。山峡に隠棲し木地ロクロ挽きを考案開発した木地師の祖といわれる文徳天皇（八五〇年ごろ）の第一皇子惟喬親王と漆芸の仏、虚空蔵菩薩が祀られている。黒谷橋の辺りを芭蕉は気に入っていたのだろう。

遊歩道入り口に明治四三年（一九一〇）全国の芭蕉愛好者が建てた芭蕉堂、芭蕉翁碑が建ち、堂の中に陶器製の小さな芭蕉像が安置され、その右脇に句碑「紙鳶《たこ》されて白根ヶ嶽を行方かな　桃妖」、柊が紫の丸い実をつけていた。

さて石畳の道を下って川端を行くと川がごーごーと白波を立て、両岸は緑で覆われ左手の山には冷たい澤水が流れ落ち、太い杉が天を突いてそびえていた。川端から石段を上るとこぶし参道とある。川は静かになり右上に赤いあやとり橋がうねるように架かっている。

階段右下の道明ヶ淵の説明板に、昔深い淵に蛟竜《こりゅう》が住み、住人を困らせたが道明という人が退治したという。右脇に芭蕉来訪を記念して江戸末期に建てたという「山中や菊は手折らじ湯のにほひ」句碑。

道の曲がり角左手、道明ヶ淵を望む少し高い岩場の道明地蔵に手を合わせると御利益があるという。川のせせらぎの高くなる所に川床がしつらえられ、休憩をとると緑の川風に染まるようである。

やがて東屋が建ち、中国風の詩趣豊かな雅境という采石巌《さいせきがん》という名勝地に至る。中国金陵の采石江辺りに景色が似ていて名付けられた。深い緑と清流と奇岩・怪石の渓谷美が楽しめ、紫のガクアジサイが盛りであった。

坂を上りさらに階段を上がると、我々は逆から来たのだが、「鶴仙渓入口」とあった。右手に行くと元禄時代以前から架かっているというこおろぎ橋で、総檜造りというこの橋の木組みは実に見事であり、橋から渓谷を覗くと青もみじが美しかった。この辺りは岩石が多く、行く道が危なかったので（行路危《こうろぎ》）といわれ、また秋になく蟋蟀《こおろぎ》の声にちなんで名付けられたとも。坂を上って温泉街のゆげ街道に出た。

那《な》谷《た》寺

（加賀温泉駅から山代温泉まわりcanbusで↓約三〇分。那谷寺。石川県小松市那谷町ユ一二二）

五日　朝曇。昼時分、翁・北枝、那谷へ趣。明日、於㆓小松㆒、生駒万子為㆓出会㆒也。談ジテ帰テ、（即）刻、立。大正侍ニ趣。全昌寺へ申刻《午後五時ごろ》着、宿。夜中、雨降ル。

『曾良旅日記』

明日小松で生駒万子に会う約束の芭蕉と北枝は、小松へ戻る途中那谷寺に寄るため昼時分に山中温泉を発った。

生駒万子は生駒万兵衛の俳号、加賀藩名家（知行一〇〇〇石）に生まれ、早くから俳諧の嗜みがあったが芭蕉来遊を機に蕉門に入門した。

しかし小松を発つ二七日の芭蕉の送別に遅れたので裸馬で追いかけ、松任で金子三両（三〇万円）と絹の袷《あわせ》を餞別にしようとしたが芭蕉に辞退された。

その万子から六日に小松で再会したいという要請があり、小松に後戻りしたのであろう。

この時曾良が小松、那谷寺へ同道しなかった理由については次章「全昌寺」で述べる。

山中の温泉《いでゆ》に行《ゆく》ほど、白根《しらね》が嶽《だけ》跡にみなしてあゆむ。左の山際《やまぎは》に観音堂あり。花山《くわざん》の法皇《ほうわう》、三十三所の順礼《じゅんれい》とげさせ給ひて後《のち》、大慈大悲《だいじだいひ》の像を安置し給ひて、那谷《なた》と名付《なづけ》給ふと也。那智《なち》・谷汲《たにぐみ》の二字をわかち侍《はべり》しとぞ。奇石《きせき》さま〴〵に、古《こ》松《しょう》植《うゑ》ならべて、萱《かや》ぶきの小堂《せうどう》、岩の上に造りかけて、殊勝《しゅしょう》の土地也。

石山の石より白し秋の風

『おくのほそ道』

「白根が嶽」は石川県と岐阜県の境にある白山のことで、大前峰（二七〇二メートル）・大汝山（二六八五メートル）・釈迦山（二〇五三メートル）などがあり、一年中雪があるので白山といい、富士・立山と並ぶ三名山の一つ。

『おくのほそ道』の「山中の温泉《いでゆ》に行《ゆく》ほど、白根《しらね》が嶽《だけ》跡にみなしてあゆむ。左の山《やま》際《ぎわ》に観音堂あり。」だが、小松から山中温泉に向かう場合、白山は東南の前方に見え、後方には見えない。

ここも、小松から那谷寺を通って山中温泉に行ったとした方がすっきりするため、例の文学的虚構がなされたのであろう。その場合、白根が嶽の見える方角が違ってくるのだが、後戻りした時の眺望のままに書いてしまったのではなかろうか。

さて観音堂だが観世音菩薩を安置する御堂で那谷寺を指し、観音堂は岩窟にあって大悲閣という。養老元年（七一七）僧泰澄の創建で岩屋寺と号し紅葉の名所で奇巌洞窟が多い。

山は高からず、深からね共、至て閑寂なり。本尊観音堂は、岩屋にて、前に舞台あり。自然石を刻ンで階をなす。荘厳すべて丹《赤い色》青を用ざれども、甚あざやかにして、奇麗也。

『奥細道菅菰抄』

冷泉天皇の御子花山法皇は永観二年（九八四）即位したが、在位二年でひそかに禁中を出、東山の花山寺で落飾《らくしょく》（高貴な人が髪をそり落として仏門に入ること）、退位後、叡山・熊野などで仏道修行され四一歳で崩御された。

観音菩薩が衆生済度のために三三体に身を変ずることからきた三三所の巡礼とは、山城・大和・河内・和泉・摂津・紀伊・丹波・丹後・播磨・近江・美濃の一一国の観音霊場を巡る西国巡礼のことで、紀州那智山に始まり、美濃谷汲に終わる。

花山天皇は三三所巡礼の後、この地に来て三三所の札の総納め場所とし、岩屋寺を那谷寺と改めこの地で崩御された。

大慈大悲とは広大無辺の慈悲で、大慈大悲の像とは観世音菩薩の像である。観世音菩薩の像を安置したのは泰澄であるが、芭蕉は耳にしたことをそのまま記したのであろう。

西国三十三所の一番目の札所は仁徳天皇の御代（二九〇〜三九九）開基された和歌山県東牟呂《むろ》郡那智町にある天台宗の名刹那智山青岸渡寺《せいがんとじ》で、最後の札所は延喜年中（九〇一〜九二三）創建の岐阜県揖斐《いび》郡谷汲村の谷汲山華厳寺、ここで巡業中の精進を落

那谷寺山門

とし酒魚を食べた。この那智山の「那」と谷汲山の「谷」をとり、「那谷」としたという。

奇岩怪石が多く、老松が生え並んでいて景色が素晴らしいだけでなく仏教としてもありがたい土地であるという。

那谷寺に来てみると石が白く晒され、石山寺の石よりも白い。その石の上を白風といわれる秋風が吹き渡っているというのである。

さて山門を入ってすぐ左手に寛永一二年（一六三五）作の那谷寺最古の建造物という書院及び庫裏がある。書院には立派な駕籠が吊るされ、庫裏裏庭園は小堀遠州の指導を受け、素朴な寺院庭園の趣きを見せている。

書院の南側にある普門閣は豪農春木家家屋が移築され、江戸末期の白山麓の豪雪地帯の旧家の堅固な構造を見ることができる。

金堂脇の参道を行くと周囲は数百年経た杉や椿に覆われ、やがて奇岩遊仙境に入る。泰澄は白山や自然神を崇拝し自然と共生するのがこの世の浄土であるとしたが、目の前には何ともいいようのない奇岩が白くそそり立ち巌はそちこち穿たれて、仏がそこに祀られているようであった。

この岩山は太古、火山活動や水の浸食作用で凝灰岩が風化してできたが、奇妙に浸食された巌が六万坪という広い境内の中、樹齢数百年という松・杉・楓の緑の中にそびえ奇怪な遊仙境を生み出していた。

道なりに行くと行止りで、左手に中門があった。その奥の石段の上右手に巌谷本堂大悲閣があり、京都の清水寺のように高い足場が巧みに組まれていた。

南北朝の争乱などで那谷寺の堂塔はことごとく消失したが、加賀三代藩主前田利常が後水尾院の命を受け、岩窟内本殿や三重塔、護摩堂などを建立したという。この本堂大悲閣は寛永一九年（一六四二）に建てられた。岩窟の中に本殿が造られ、厨子の中には那谷寺御本尊千手観世音菩薩が祀られる。

本殿洞窟の胎内くぐりは、現世の諸々の罪を洗い流し、母の胎内から白山のように白く清く生まれ変わり出直すことができるという。

胎内くぐりを終え左手へ階段を下りて行くと、辺りは苔むしていて椿が多い。

再び石段を上って行くと、小柄で落ち着いた感じの三重塔に出た。左脇の石段を上ると展望台で真正面に大きな白い巌山とそこに祀られた赤い鳥居が緑の中に映えていた。まさに「石山の石より白し秋の風」で周囲の緑に包まれた白い巌の景観は見事であった。

左脇階段を上り第一展望台に出た。奇岩遊仙峡の眺望が境内で最も美しいといい、頂上の白山妙理大権現を祀る鎮守堂をお詣りして下ると第二展望台である。ここから下りて左へ行くと、芭蕉句碑「石山の石より白し秋の風」と『おくのほそ道』の「那谷」の章が刻まれた翁塚が大きな巌の下に並んで建つ。

隣に建つ庚申塚の先に若宮白山神社があり、護摩堂への石段があった。大悲閣から見えた風情ある屋根はこの護摩堂の屋根で、根元が苔むした古木の桂が生え蜻蛉が飛んでいる中を石段を上って行くと、不動明王が本尊の護摩堂があった。さらに苔むした石畳を下りた。

全昌寺

（北陸本線大聖寺駅下車。↓徒歩一〇分、〇・六キロ。全昌寺。石川県加賀市大聖寺新明町一番地）

五日　朝曇。昼時分、翁・北枝、那谷へ趣。明日、於二小松一、生駒万子為二出会一也。談ジテ帰テ、(即)刻、立。大正侍ニ趣。全昌寺へ申刻《午後五時ごろ》着、宿。夜中、雨降ル。　『曾良旅日記』

曾良は何故芭蕉や北枝と共に那谷寺を見がてら、小松に戻らなかったのか。

十七日　快晴。翁、源意庵へ遊。予、病気故、不レ随。
廿一日　快晴。高徹ニ逢、薬ヲ乞。
廿二日　快晴。高徹見廻。亦、薬請。此日、一笑追善会、於　寺興行。各朝飯後ヨリ集。予、病気故、未ノ刻《午後二時ごろ》ヨリ行。暮過、各ニ先達テ帰。

亭主ノ松。

廿三日　快晴。翁ハ雲口主ニテ宮ノ越ニ遊。予、病気故、不レ行。江戸ヘノ状認。鯉市・田平・川源等ヘ也。徹ヨリ薬請。以上六貼也。…

『曾良旅日記』

『曾良旅日記』によれば、七月一五日（陽暦八月二九日）金沢に着いたが、一七日から体調が優れず行動を共にできなくなった。

二〇日、野畑山に一緒に出かけたが宿に戻ったのが「子ノ刻（午前零時ごろ）」で、翌二一日に医者の高徹から薬をもらい、二二日には高徹が様子を診にくるほどでまた薬をもらった。この日は一笑の追善会で、皆は朝食後から集まっていたが曾良は具合が悪く午後二時過ぎに出席し、暮過ぎには先に宿に帰った。翌二三日、芭蕉は宮ノ越に出かけたが曾良は具合が悪く出かけなかった。

二四日には金沢を発ち小松に着くが、人々の要請で二五、二六、二七日と小松にとどまった。この間の様子をみてみよう。

二五日　快晴。欲小松立、所衆聞テ以北枝留。立松寺へ移ル。多田八幡へ詣デ、真盛が甲冑・木曾願書ヲ拝。終テ山王神主藤井伊豆守へ行。有会。終テ此ニ宿。…

廿六日　…今日ハ歓生方へ被招。申ノ刻《午後五時ごろ》ヨリ晴。夜ニ入テ、俳、五十句。終テ帰ル。…

廿七日　…所ノ諏訪宮祭ノ由聞テ詣。巳ノ上刻《午前八時半ごろ》、立。…伊豆尽甚持賞ス。八幡へノ奉納ノ句有。真盛が句也。予・北枝随之。…同晩　山中ニ申ノ下尅《午後五時前後》、着。…

『曾良旅日記』

二五日は多田八幡に詣で山王神主藤井伊豆宅での連句の会に連なり、二六日は歓生方に招かれ曾良も五〇句の連句の会に出席、小松を発つ二七日には芭蕉、曾良、北枝たちは再び多田八幡へ詣でそれぞれ句を奉納、二七日の午後五時前後山中温泉に着いた。

廿八日　快晴。夕方、薬師堂其外町辺ヲ見ル。…

廿九日　快晴。道明淵、予、不レ往。
晦日　快晴。道明が淵。
八月朔日　快晴。黒谷橋へ行。
二日　快晴。
三日　雨折々降。及レ暮、晴。山中故、月不レ得レ見。夜中、降ル。
四日　朝、雨止。巳ノ刻《午前九時半ごろ》、又降テ止。夜ニ入、降ル。

『曾良旅日記』

翌二八日夕方、薬師堂に行ったが二九日の道明ヶ淵には同行していない。翌晦日道明ヶ淵に同行、翌日も黒谷橋に同行しているが、二日、三日、四日が天候のみ記されているのは温泉の効用に期するところがなかったのであろう。

苦しい旅を続けてきた芭蕉にとって、旅の当初の目標をほぼ達成し大藩の加賀国に辿り着いた今、ゆっくりしたい気持ちもあったであろう。旅の同行者としての務めをほぼ終えた今、曾良は自分が師の負担になるのではと思ったのではあるまいか。さいわい小松生まれの刀研師で芭蕉来沢時に蕉門に入門し連句の会にも出席している北枝が随行していた。

曾良は腹を病《やみ》て、伊勢の国長島《ながしま》と云《いふ》所にゆかりあれば、先立《さきだち》て行《ゆく》に、

行《ゆき》〳〵てたふれ伏《ふす》とも萩《はぎ》の原　　曾良

と書置《かきおき》たり。行《ゆく》もの（の）悲しみ、残《のこる》もの（の）うらみ、隻鳧《せきふ》のわかれて雲にまよふがごとし。予も又、

今日《けふ》よりや書付《かきつけ》消さん笠《かさ》の露　　『おくのほそ道』

曾良は伊勢国長島の叔父のもとで養生しようと、先行して宿を出る覚悟がついた。病身の一人旅で倒れるかもしれないが、萩の咲く野原でしょうからと書き残していった。行く者の悲しみ残る者のつらさは、友に別れた一羽の鳧《けり》《千鳥科の鳥。鳴き声はケリリ、ケリリと聞こえる》が雲間に迷い行くようなもので、自分も笠に「同行二人」と書き旅を続けてきたが、笠に置いた露で消してしまおう。会者定離《えしゃじょうり》《会う

ものは必ず別れる》は人生の常で、笠の上の露のようにはかないものである。
こうして八月六日以降の芭蕉の行動は『曾良旅日記』に記載されなくなり正確なことは不明となるが、曾良はほぼ芭蕉の歩く道を想定して先行したといえる。

五日　朝曇。昼時分、翁・北枝、那谷へ趣。明日、於二小松一、…　談ジテ帰テ、(即)刻、立。大正侍ニ趣。全昌寺へ申刻《午後五時ごろ》着、宿。夜中、雨降ル。

『曾良旅日記』

大聖寺《だいしやうじ》の城外、全昌寺《ぜんしやうじ》といふ寺にとまる。猶《なほ》加賀の地也。

曾良も前の夜、此《この》寺に泊《とまり》て、

終宵《よもすがら》秋風聞《きく》やうらの山

と残す。一夜《いちや》の隔《へだて》千里に同じ。吾《われ》も秋風を聞《きき》て衆寮《しゆれう》に臥《ふせ》ば、明《あけ》ぼの（の）空近う読経《どきやう》声すむまゝに、鐘板《しようばん》鳴《なつ》て食堂《じきだう》に入《いる》。けふは越前《ゑちぜん》の国へと、心早卒《さうそつ》にして堂下《か》に下るを、若き僧ども紙《かみ》・硯《すずり》をかゝ（へ）、階《きざはし》のもとまで追来《おひきた》る。折節《おりふし》庭中《ていちゆう》の柳散れば、

庭掃《はき》て出《いで》ばや寺に散柳《ちる》
とりあへぬさまして、草鞋《わらぢ》ながら書捨《かきす》つ。

『おくのほそ道』

八月五日（陽暦九月一八日）芭蕉と北枝は那谷へ向かったが、それに先立ち曾良は大聖寺へ出立、夕方全昌寺に着き宿泊した。大聖寺は地名で、加賀藩は慶長五年（一六〇〇）関ケ原合戦の後、越前国境に大聖寺関を設け、越中の境関《さかいのせき》と共に二代関所として重視。曾良が訪れた翌日、芭蕉と北枝も城下町大聖寺の外れの全昌寺に泊まった。

今夜は一人寺に泊まったが、寝られず裏山に吹く秋風を聞きながら夜を明かしたと曾良が書き残した句を読むと、一〇〇〇里も離れている気がする。自分も修行僧の寮舎に休み、夜明け方近く僧と一緒に食堂に入り、今日は越前の国へ越えようと心あわただしく堂の下に降りた。禅寺では庭などを掃除して出るのが礼儀で、庭の柳が散ったので掃除し、草履をはいたまま句を書きっぱなしにした。

さて全昌寺を訪ねると、寺は山を背に雨にそぼ濡れて建ち、山門は閉ざされ右手の通用門に拝観は九時から五時とあった。山門を入ると正面が本堂で「熊谷峰」の額が懸かっている。左へ石畳を雨に濡れながら行くと、曲がり際に『おくのほそ道』の「大聖寺の城外…草鞋ながら書捨つ」が彫られた石碑が建つ。その先「ばせを塚と曾良の句碑」の説明板、中央に芭蕉塚、右手に曾良の「終宵秋風聞や…」句碑、左手「庭掃て…」の芭蕉句碑が柳の木の前に建っている。

曹洞宗の全昌寺は大聖寺城主山口玄蕃頭宗永公の菩提寺で、泉屋の菩提寺でもあり、五世大和尚は泉屋の主人桃妖の伯父で、芭蕉たちも泉屋の紹介で宿泊した。

芭蕉像（杉風作）

本堂に入ると左手に杉風作の木像芭蕉座像が小厨子の中に祀られていた。小松の建聖寺の左膝を立てた北枝作芭蕉像が、芭蕉から聞き出した山中問答などを記した北枝らしく、師の真髄を見抜きその心意気を感じてか微笑みながらも毅然とした姿に対し、昔から芭蕉を知る杉風作はあぐらをかき両手を前で組み合わせた年老いた好々爺の鷲鼻の老人であった。
今、僧らの姿は見えず静かな中に激しい雨音のみが本堂に響いていたが、廊下はきれいに拭き清められ順路表示に従い本堂の奥へ進むと、かつて芭蕉の泊まった部屋は茶室芭蕉庵となり裏山は竹邑やもみじなどが鬱蒼と茂り山裾には秋海棠がピンクの花を付けていた。

菅生石部《いそべ》神社

（大聖寺駅より徒歩一六分、一・一キロ。蒲生石部神社。石川県加賀市大聖寺敷地《しきじ》ル乙《おつ》八一の二）

六日　雨降。滞留。未ノ刻《午後二時ごろ》、止。菅生石（敷地ト云）天神拝。…
『曾良旅日記』

加賀では白山比咩《ひめ》神社に次ぐ大社で、古くは朝廷から、中世以降も幕府やこの地を支配した武将から厚く信仰された。江戸時代は加賀藩、大聖寺藩両藩から崇敬された。

毎年二月一〇日の例祭日には、古くから伝わる御願《ごがん》神事が行われた。蛇行する大聖寺川の水害に悩まされ続けた人々の、治水の願いから生じたオロチ退治の農耕儀礼で、南加賀に春を告げる勇壮な祭りという。

曾良は芭蕉との旅中、師の心を優先し道案内に徹してきたが、一二〇日余にわたる二人旅は、心労も深く体調にも影響を及ぼしたに違いない。金沢の山中温泉からは別行動をとると、金沢に入る前から話し合いがついていて、金沢に入った時すでに出手形を別々に取っていたのであろう。

曾良はふっと解放感を味わった、それが大聖寺の菅生石部神社の参詣であったろう。敷地天神ともいい、白山比咩神社に次ぐ大社で、神道家の曾良は参拝したかったであろう。

菅生石部神社

旧大聖寺藩関所跡

（全昌寺より徒歩一〇分、〇・七キロ。旧大聖寺藩関所跡。石川県加賀市大聖寺関町）

全昌寺の隣に日蓮宗の宗寿寺があり、門手前左手に「旧大聖寺藩関所門」石碑が建っている。明治二年（一八六九）廃藩置県で関所が廃止されると関所門は、宗寿寺の檀家でもあった家老九代生駒一彦の口利きで大聖寺藩の祈願所である宗寿寺境内に移されたとある。

関所門は瓦門だがここに移された時に作られたもので、本来は屋根のない柵門《さくもん》のような形であったらしい。日の出、日没と共に門扉を開閉し、門番は足軽十数名が非番と当番に分れて昼夜詰めていた。

門幅三メートルほどの黒板の門扉で、背後に廻ってみると幅広な閂《かんぬき》がついており、往時ここを通行した人々の喜怒哀楽が偲ばれた。

さて本来関所のあった関町の関所跡に行ってみることにした。関町のバス停留所近く、変則十字路となる手前左手に、二メートル弱の関所趾碑が建ち、大聖寺川沿いか、山の

旧大聖寺藩関所門

上へ行くのか旧道が通っていた。関所趾碑の裏側に「慶長五年（一六〇〇）関ケ原合戦の後、加賀藩（金沢）は越前と加賀との国境である此処に関所を設け、…幕末の頃には清水の次郎長一行も通りとがめられた。…関町の町名はこの地に関所が置かれていたことに由来する。」などとあった。

金沢で取った出手形を、大聖寺の出口に設けられたこの関所に提出しないと芭蕉も曾良も通過できないから、二人が別行動をとることは出手形発行の金沢で決めていたのであろう。

左手三木《みき》町の山際を入って行くと金売吉次を襲い牛若丸に殺された大盗賊熊坂長範の出生地で、山向こうの熊坂町を見やりつつ、橋（加賀市橋町）へ、橋から道を西へとって永井を経、吉崎へ向かった。

第六部　福井県坂井郡・あわら市・吉田郡・福井市

越前の境《さかひ》、吉崎《よしざき》の入江《いりえ》を…

吉崎

（北陸本線大聖寺駅より塩屋《しおや》行バスで一三分。吉崎下車。↓徒歩五分、〇・三キロ。吉崎の入江＝北潟湖。吉崎御坊。福井県坂井郡金津町吉崎一の二〇一）

越前の境《さかひ》、吉崎《よしざき》の入江《いりえ》を舟に掉《さをさ》して、汐越《しほこし》の松を尋《たづ》ぬ。　『おくのほそ道』

七日　快晴。辰ノ中刻《午前七時半ごろ》全昌寺ヲ立。立花《橘》十町程過テ茶や有。ハヅレヨリ右へ吉崎へ半道《道の半ば》計。一村分テ、加賀・越前領有。カヾノ方ヨリハ舟不レ出。越前領ニテ舟カリ、向へ渡ル。水、五、六丁向、越前也。

（海部二リ計ニ三国見ユル）。下リニハ手形ナクテハ吉崎へ不レ越。コレヨリ塩越、半道計。又、此村ハヅレ迄帰テ、北潟ト云所へ出。壱リ計也。北潟ヨリ渡シ越テ壱リ余、金津ニ至ル。三国へ二リ余。申ノ下刻《午後五時前後》、森岡ニ着。六良兵衛ト云者ニ宿ス。

『曾良旅日記』

芭蕉は加賀と越前の国境にある吉崎の入江、要するに北潟湖を舟で渡って塩越の松を見に行き、吉崎には触れていないが、吉崎は真宗の霊場といわれているので訪ねてみた。

寛正六年（一四六五）の法難により、延暦寺衆徒の襲撃を受けた浄土真宗本願寺法主の蓮如は、以前から越前、越中の教化を勧めており、この地の支配者、奈良興福寺内の大乗院経覚とも知り合いであったから、文明三年（一四七一）風光明媚な北潟湖畔にそびえる小高い吉崎山に吉崎御坊を建立した。

御坊には北陸だけでなく全国から門徒が集まり、一大寺内町を形成、蓮如は吉崎で五年間教化に努めたので、一向宗門徒が北陸に拡がった。吉崎山は越前と加賀の国境近くに位置していたため、寺内町は国境をまたいで発展、町の中に県境が通ることになったという。

曾良は芭蕉がどこを通って大垣まで行くかを知らされていて、汐越の松もそうであったろうから、ここで曾良の行程をみておこう。

吉崎は加賀領と越前領にまたがり、加賀吉崎から越前領に出るには加賀藩の番所で出手形を出さねばならなかったが、南の越前領側からだと入国になり、その面倒がなかった。番所は入国には厳しくないが、出国には厳しく取り締まるところが多かったという。

したがって『曾良旅日記』中の曾良の行動「カヾノ方ヨリハ舟不レ出、越前領ニテ舟カリ、向へ渡ル。水、五、六丁向、越前也。…下リニハ手形ナクテハ吉崎へ不レ越。…又、此村ハヅレ迄帰テ、北潟ト云所へ出。壱リ計也。北潟ヨリ渡シ越テ壱リ余、金津ニ至ル。」に、芭蕉もならったのであろう。

一向宗は浄土真宗の俗称で、時宗をもいう。鎌倉時代の末、一遍の弟子一向の派が一向宗と呼ばれ、浄土真宗がこれと混称された。蓮如はこれを嫌ったが中世以来浄土真宗の俗称として一般化した。

安永三年（一七七四）、本願寺は一向宗の名を排して浄土真宗の公称を幕府に願い、浄土宗側と宗名相論を起こし、明治五年（一八七二）浄土真宗を公称とした。

吉崎御坊

本願寺吉崎御坊を訪ねてみた。「蓮如上人御旧跡」の大きな石碑が建つ石段を上り「本願寺吉崎別院」と記した念力門を潜った。
紫宸殿造りの本堂や蓮如上人のご真影（肖像）を安置した中宗堂、また資料館では蓮如上人御真筆の六字名号「南無阿弥陀仏」、などを見て回ったが、何か独特の雰囲気であった。

汐越《しおこし》の松

（吉崎御坊より徒歩二〇分、一・二キロ。汐越の松跡

＝芦原《あわら》ゴルフ場＝福井県観光開発（株）　あわら市浜坂六六字塩越山一の一）

越前の境《さかひ》、吉崎《よしざき》の入江《いりえ》を舟に掉《さをさ》して、汐越《しほこし》の松を尋《たづ》ぬ。

終宵嵐《よもすがらあらし》に波をはこばせて月をたれたる汐越の松　西行

此《この》一首にて数景尽《つき》たり。もし一弁《いちべん》を加《くはふ》るものは、無用の指を立《たつ》るがごとし。

『おくのほそ道』

カヾノ方ヨリハ舟不レ出。越前領ニテ舟カリ、向へ渡ル。水、五、六丁向、越前也。（海部二リ計ニ三国見ユル）。下りニハ手形ナクテハ吉崎へ不レ越。コレヨリ塩越、半道計。又、此村ハヅレ迄帰テ、北潟ト云所へ出。一リ計也。北潟ヨリ渡越テ壱リ余、金津ニ至ル。三国へ二リ余。申ノ下刻《午後五時前後》、森岡ニ着。六良兵衛ト云者ニ宿ス。

『曾良旅日記』

曾良は吉崎の越前領側から舟を借り七〇〇《メートル》ほど行って汐越の松がある対岸越前領浜坂に渡った。ここで曾良は吉崎から帰路の本道の細呂木《ほそろぎ》に行くには浜坂番所も吉崎番所も出国になり出手形が必要なのを知り、汐越の松見物後浜坂に戻り西に向かって北潟村に出、北潟湖を舟で渡り金津に向かった。

一晩中嵐が吹き荒れ汐越の松に波が打ちかかり、低い枝のかなたの海に月が沈もうとしているのこの一首は、西行の作品ではなくこの地で五年ほど過ごした蓮如上人の作ともいわれるが西行作と聞かされた芭蕉は、この一首で汐越の松の美景は言い尽くされたという。

我々も吉崎御坊から北潟湖に架かる開田橋を渡り、汐越の松がある芦原ゴルフクラブを目指し坂道を上った。北潟湖の水は濁り周辺は山で右前方の山間が日本海に通じるらしい。

汐越の松は芦原ゴルフクラブ内にあり、受付で見学したい旨を告げ許可を得た。クラブハウスから日本海側へ廻りこんで下って行くと、起伏に富んだゴルフ場の緑のそちこちに中ぶりの黒松が群生していて美しかった。

やがて左手の小高い所にかつての汐越の松が一本、日本海に向かって太い残骸を横たえ、大きな「奥の細道　汐越の松　遺跡」の石碑が建っていた。

かつて浜坂の砂丘には日本海の海風に吹きさらされた五〇本ほどの松が繁り、御所松など目を引く名木があり総称して汐越の松といい、北潟湖と白山を一望する景色は無類の景地といわれたというが、現在ここから見る日本海は遥か下方であった。

天竜寺

（えちぜん鉄道勝山永平寺線福井駅より松岡駅下車。徒歩一五分、〇・八キロ。天竜寺。福井県吉田郡永平寺町《ちょう》松岡春日《かすが》一丁目六四番地）

丸岡天竜寺《まるをかてんりゆうじ》の長老《ちやうらう》、古き因《ちなみ》あれば尋《たづ》ぬ。

『おくのほそ道』

丸岡は松岡の間違い。天竜寺は松岡にあるが、途中に丸岡があるので混同したのだろう。

松岡は松平家五万石の城下町。天竜寺は曹洞宗永平寺の末寺で、承応《じょうおう》二年（一六五三）藩主松平昌勝が祖母清涼院の菩提を弔うため、江戸品川天竜寺斧山和尚が開基した。

芭蕉が訪れた当時の住職は、「貞享四年《一六八七》入院、在住七年、元禄六年《一六九三》二月移籍上州木崎大通寺」と記されている「木夢（もしくは大夢）和尚」といわれる。この貞享四年以前は品川の天竜寺の住職でもあったのであろうか。

芭蕉が尋ねた「古き因《ちなみ》」とはどういうことか。

木夢は、芭蕉が深川に隠棲以降心酔した禅僧仏頂の友人であったとの説がある。仏頂は禅宗の中でも厳しい臨済宗（鹿島根本寺）の住職であったが、宗派は違っても同じ禅僧同士ということもあろうし、仏頂も木夢と同じ貞享四年に鹿島根本寺の住職を退き、江戸宿泊所臨川庵を出て鹿島に戻っている。

芭蕉は江戸日本橋の小田原町から新興住宅地深川に隠棲せざるをえなくなった。生活、俳諧への不安から近くの鹿島根本寺の江戸宿泊所臨川庵にいた、根本寺の住職仏頂に禅を学んだ。

それまで誇張表現を学ぶために読んでいた『老子』『荘子』を人生哲学書として読み解くこととなり、仏頂の江戸幕府との粘り強い交渉や潔さ、さらに「一所不住の生活をとおして行脚し、修行成就の暁にはそれを弘めるためにまた行脚する」という人生哲学に心酔し、自分も幾つもの旅の後に思い着いた今回の「おくのほそ道」の旅であった。

自分の新しい俳諧の境地の萌芽ともいえる「不易流行」に思い至っての帰路の今、仏頂ゆかりの人が住職をしている天竜寺を是非訪ねたかったのであろう。

丸岡天竜《まるをかてんりゆう》寺《じ》の長老《ちやうらう》、…又、金沢の北枝《ほくし》といふもの、かりそめに見送りて此処《このところ》までしたひ来る。所々《ところどころ》の風景過《すぐ》さず思ひつゞけて、折節《をりふし》あはれなる作意など聞《きこ》ゆ。
今既別《すでにわかれ》に（臨）みて、
物書《かき》て扇引《あふぎひき》さく余波哉《なごりかな》
五十丁山に入《いり》て…

『おくのほそ道』

金沢の北枝が、ここまで私を慕ってついて来てしまった。彼は途中所々の良い風景を見落とさずに句を考え続け、時折情趣の深い着想などを聞かせてくれた。今別れるにあたり次のような句を作った。

夏の間使い慣れた扇も名残が惜しまれる。今あなたと別れるのも名残惜しくつらい。この気持ちを表してこの扇を贈ります、の意。

天竜寺を訪ねた。松岡公園の登り口向かい側の、細い敷地の入り口に「松平家菩提所　芭蕉翁史跡　曹洞宗清涼山天竜寺」石柱が建ち、参道右側に「筆塚」、「芭蕉翁」と刻した「翁塚」が並び、その間の解説板に「芭蕉塚は芭蕉の一五〇年忌に天保一五年（一八四四）に同好の人たちにより建てられた」などとある。

芭蕉塚の向こうに福祉会館、その先天竜寺本堂、その前に立ち姿の芭蕉から北枝が座って扇を頂いている余波の碑が建ち、脇には大きな「物書きて…」の句碑が建っていた。

句碑背後には「昭和五三年《一九七八》建之　松岡善意の会」、余波の像の背後には「平成元年《一九八九》芭蕉翁来松三百年記念事業実行委員会」とあった。

ところで『曾良旅日記』には曾良が天竜寺を訪ねた形跡はない。曾良が蕉門に入門したのは、芭蕉が野ざらし紀行の旅から江戸に戻ってきた貞享二年（一六八五）で、芭蕉が仏頂に教えを乞うた延宝八年（一六八〇）ころにはいなかったから、たとえ貞享四年（一六八七）、仏頂に会うための鹿島紀行の旅に随行したとしても、曾良は仏頂とはさほど懇意ではなかったのではあるまいか。

永平寺

（福井駅より京福バス永平寺門前行（三三分、七二〇円）永平寺。福井県吉田郡永平寺町《ちょう》 志比五の一五）

五十丁山に入《いり》て、永平寺《えいへいじ》を礼《らい》す。道元禅師《だうげんぜんじ》の御寺《みてら》也。邦（畿）千里を避《さけ》て、かゝる山陰《やまかげ》に跡をのこし給ふも、貴きゆへ（ゑ）有《あり》とかや。『おくのほそ道』

「五十丁山に入《いり》て」は、松岡から永平寺までの距離か。

永平寺開祖は道元禅師で、現在境内は一〇万坪、建物は大小合わせて七〇余棟という。

京都の人道元は、延暦寺で天台宗を修め、のち栄西の弟子明全《みょうぜん》に禅宗を学んだ。

貞応二年（一二二三）入宋。天龍山の禅師から曹洞の宗旨を授けられ、安貞元年（一二二七）帰朝。山城に興聖寺を開くが越前の守護波多野義重に招かれ寛元二年（一二四四）永平寺を開いた。

永平寺

建長五年（一二五三）五四歳で亡くなり著書『正《しょう》法眼蔵《ぼうげんぞう》』の語録を弟子の懐奘《えじょう》が筆記したものが『正法眼蔵随聞記《ずいもんき》』である。

「邦畿千里」とは、方一〇〇〇里以内の土地をいい、都に近い所を避け、このような山陰に寺を残したのは、貴い思し召しがあったからだというのである。

さて永平寺の大きな石柱を入ると、六〇〇年の老杉の林立と浅緑のもみじが美しく、川のせせらぎと合わせて清々しい気分となった。

目下二二〇人の修行僧がいるという。参詣者入り口の石段を上る。参拝順に廻っていくと参拝者の控室などに使われる傘松《さんしょう》閣の二階は絵天井が美しく、現存最古という荘厳な感じの山門は住職だけ利用でき、他の僧は入山と下山の時のみという。山門四隅で睨みを利かせる四天王像は、顔が赤や青、白など今まで見てきた四天王像と比べて全く異彩を放っていた。

僧堂は修行僧の根本道場で、座って半畳、寝て一畳、坐禅・食事・就寝など生活そのものが修行で三時半起床という。

心臓部分である仏殿は、中央に本尊の釈迦牟尼仏が祀られ、阿弥陀如来（過去）・釈迦如来（現在）・弥勒菩薩（未来）の三世如来が向かって左側から祀られていた。

山門・仏殿・法堂が一直線に並び、一番奥の法堂は禅師が説教する所で四二〇畳という。

法堂で一休みした。前方に仏殿や、台所で正面に韋駄尊天《いだそんてん》や大すりこぎが掛かっている庫院などを見下ろせ、大きな建物の合間に緑が映えていた。

顕本寺《けんぽんじ》

（福井駅前より京福バス赤十字病院線「左内公園」下車。→徒歩二分、左内公園。福井市左内町→顕本寺。福井市左内町八の三四→徒歩六分、〇・三五㌔。安養寺〈東雲寺〉。福井市足羽《あすわ》一）

福井は三里計《ばかり》なれば、夕飼《ゆふげ》したゝめて出《いづ》るに、たそかれの路《みち》たどたどし。

『おくのほそ道』

この「等栽《とうさい》」の章は分けてみていこう。

永平寺から福井まで四里ほどだが松岡の天竜寺に戻り、夕食後二里半ほどの福井に向かったが足元の覚束ない夕方なので捗らなかった。

爰《ここ》に等栽《とうさい》と云《いふ》古き隠士《いんし》有《あり》。いづれの年にか、江戸に来《きた》りて予を尋《たづぬ》。遥《はるか》十とせ余《あま》り也。いかに老《おい》さらぼひて有《ある》にや、将死《はたしに》けるにやと人に尋侍《たづねはべ》れば、いまだ存命して、そこ〳〵と教（ふ）。

『おくのほそ道』

福井には等栽という昔からの隠者が住んでおり、一〇年ほど前江戸の私を訪ねてきたことがあったが、老いぼれてしまったか、死んでしまっただろうかと尋ねたところ、生きながらえてどこそこに住んでいるという。

市中ひそかに引入《ひきいり》て、あやしの小家《こいへ》に、夕貌《ゆふがほ》・へちまのは（へ）かゝりて、鶏頭《けいとう》・（帚木）に戸ぼそをかくす。

『おくのほそ道』

町中の物静かな所のみすぼらしい家で夕顔や鶏頭などはびこり戸口が見えないほどである。

さては、此《この》うちにこそと門《かど》を扣《たたけ》ば、侘《わび》しげなる女の出《いで》て、「いづくよりわたり給ふ道心《だうしん》の御坊《ごぼう》にや。あるじは此《この》あたり何《なに》がしと云《いふ》もの（の）方に行《ゆき》ぬ。もし用あらば尋給《たづね》へ」といふ。

『おくのほそ道』

さてはここだなと門を叩くと、みすぼらしい女が「どちらからのお坊様でしょうか。主人は近くに出かけていますので御用でしたら、お尋ね下さい」という。

かれが妻なるべしとしらる。むかし物がたりにこそ、かゝる風情《ふぜい》は侍れと、やがて尋《たづね》あひて、その家に二夜《ふたよ》とまりて、名月はつるがのみなとにとたび立《だつ》。等栽も共に送らんと、裾《すそ》（を）かしうからげて、路の枝折《しをり》とうかれ立《たつ》。

『おくのほそ道』

等栽は、福井俳壇の古老で、洞栽、可卿などの俳号を持つ。万治三年（一六六〇）北村季吟の『新続犬莵玖波集』に五句収められ、その後貞門の撰集にたびたび作品が出た。

芭蕉は一三歳で武家奉公に出、貞門俳諧師北村季吟に師事していた主人良忠と共に貞門俳諧を学んだいきさつからすると、懐かしい昔の馴染みのようにも思えたのであろう。

　特に貞門俳諧は松永貞徳が、優雅な和歌的世界を目標とする有心連歌から、滑稽、機知などを本来とする俳諧連歌を独立させたが、上層部の人々にも愛用されるよう、卑猥にならぬよう古典古歌を活用した知的技巧をこらした、上品な滑稽味を目標にした。

　この章は『源氏物語』の夕顔の巻を彷彿とさせるが、芭蕉は二九歳で伊賀上野から江戸に出、三二歳で談林俳諧師になるまで一九年ほどは貞門俳諧が基になっていたから、『源氏物語』は周知の話であったろう。

　もう一つ注意しなければならないのは、江戸に出た芭蕉は生計の一つとして、季吟門、松江重頼門の俳諧宗匠たちの俳諧興行の手伝いをしており、その弟子たちの作品が俳諧式目にのっとっているかチェックしていた。

　俳諧式目とは三六歌仙中、月三句、花二句を基本に春秋の句を三句ずつ、冬夏の句は二句〜一句、人事では恋句を重視し、神社、仏閣、無常（死）、旅を配し自然や人事の諸相を描き、重複、停滞を避け調和・変化を重視するというものであったという。俳諧隠者の生活にも慣れ、自分の俳諧に対しても自分なりの覚悟が決まってきた四一歳の夏の野ざらし紀行の旅に始まり、鹿島紀行の旅、笈の小文の旅、更科紀行の旅の紀行文で芭蕉は自分なりの新しい俳諧の境地を求めるだけでなく、同時にこれらの作品を最も効果的に登場させうる新しい俳諧紀行文を作ろうと模索をし続けてきた。『おくのほそ道』の等栽の章は、新潟の市振の章で取り入れた連句的手法の第二弾で、移り変わる自然と人々の諸相を描き重複渋滞を嫌い、変化と調和を重んじることで、『おくのほそ道』は新しい俳諧紀行文として完成したといえる。

ところで等栽はひどく貧しく芭蕉の枕を用意することができなかったから、番神堂を建てる近くの寺の作業小屋に行って枕に丁度良い木切れを拾ってきて提供したことなどが『源氏物語』の雰囲気と共に、芭蕉が等栽を気に入り二泊もした由縁なのであろう。

さて番神堂を建てていたという顕本寺や、等栽宅跡があるという左内公園に行ってみた。

桜橋で足羽川を渡った。三つ目十字路の先に左内公園がある。左内公園入り口を入って左に大きな橋本左内先生像が建ち、その奥隅に等栽宅跡、等栽宅跡の道一本隔てた所が顕本寺であるから枕木も借りやすかったに違いない。

顕本寺の本堂に向かって左隅に番神堂石碑が建っていた。住職によれば、神様は毎日変わり三〇人の神様を祀ったお堂を番神堂というのだが、空襲で焼失してしまったという。

左内公園左奥隅に等栽宅跡碑とその左に、四角の御影石に満月をかたどった円形の中に刻した句碑「名月の見所問ん旅寝せん　芭蕉」が建っていた。この宅跡碑の右手に等栽と左内町、おくのほそ道の旅、芭蕉と月の句などのカラーの説明板が建っている。

さて左内公園を出て十字路で左の愛宕坂を行った。木彫り屋など古い技術店が多く、左へ入ると寺町なのか寺が多い。さらに行くと左手は安養寺の墓地、右は境内であった。

整備された境内に入り、本堂の前を過ぎると左手に「芭蕉翁」と、「芭蕉の墓」か、もう上部が読めなくなり「□□の墓」のみ読める二つの碑が並んで建ち、境内の奥に安養寺の本堂と並んで東雲寺のお堂が建っていた。
芭蕉が敦賀へ行く旧街道沿いの東雲寺での句会を記念して碑を建てたと思われる。
東雲寺はかつて藩主松平氏が護っていたが継ぐ人もなく安養寺の末寺でもあり、二〇年ほど前安養寺に二つの碑を移し、東雲寺のお堂も建てたとは住職の話であった。
等栽宅に二泊した芭蕉は名月は敦賀の港で見ることにしようと福井を出立した。

等栽も共に送らんと、裾《すそ》（を）かしうからげて、路の枝折《しをり》とうかれ立《たつ》。

『おくのほそ道』

等栽が送ろうと裾をからげ帯に挟み、うきうきと出かけたのも芭蕉は気に入り、東雲寺でにぎやかに句会を催して行ったのであろう。

第七部

福井県福井市・鯖江市・越前市・南条郡

漸《やうやう》　白根《しらね》が嶽《だけ》かくれて…

玉江

（福井駅より福井鉄道福武線で花堂《はなんどう》駅下車。約一〇分。↓徒歩一〇分、〇・五五㌔。玉江二の橋。福井県福井市花堂）

漸《やうやう》白根《しらね》が嶽《だけ》かくれて、比那《ひな》が嵩《だけ》あらはる。あさむづの橋をわたりて、玉江《たまえ》の蘆《あし》は穂に出《いで》にけり。

『おくのほそ道』

白根が嶽は白山、比那が嵩は日野山《ひのやま》をいう。実際は玉江が先で次いであさむづの橋となる。

かつての玉江は足羽川の伏流水が流れ込む湿原で葦の名所となり、歌枕となっていた。

さて花堂駅を出て左手に進むと十字路右前方角に福井銀行花堂支店、来た道を直進すると左手に狐川に架かる橋名板「玉江二の橋」の付いた幅四メートル、高さ五メートルほどの橋があった。

玉江二の橋

橋の向かい側に玉江跡の石碑が建つ。「付近一帯の小流は歌枕などで知られる玉江の跡で、橋はその余波を伝えた玉江二の橋の名で呼ばれている。芭蕉が『奥の細道』の旅で　月見せよ玉江の芦を刈らぬ先　の句を詠んで以来俳句にも出るようになった。昭和三四年三月建之　福井市」などとあった。
この敷地の中央に親鸞上人御遺跡碑、右手に福井市豊小学校の分かりやすい説明板が建っていたので要約する。「花堂の辺りは昔は低地で、川が氾濫し排水も不充分で沼のようになり一面に芦が茂っていたが、芭蕉の句などによりこの橋を玉江の橋と呼び昔の名残をとどめている」とある。
今その面影はなく人家が密集していた。北国街道の名残をとどめるという玉江二の橋辺りから秘鍵寺辺りまで雨の中を歩いたが、狐川の名だけあり雨が降ったり止んだり大雨になったりして合羽上下を着るはめとなった。

あさむづの橋

（福井鉄道福武線。花堂駅より浅水《あそうづ》駅下車。徒歩一〇分、〇・五キロ。あさむづの橋。福井県福井市浅水町《あそうづちょう》）

漸白根《やうやうしらね》が嶽《だけ》かくれて、比那《ひな》が嵩《だけ》あらはる。あさむづの橋をわたりて、玉江《たまえ》の
蘆《あし》は穂に出《いで》にけり。
『おくのほそ道』

福井から敦賀までは歌枕が沢山あった。芭蕉は、西行などが歌枕の多い陸奥を歩い

たが、自分も歌枕の地に立つことで俳諧の新境地を見出せるのではと思った。

太平洋側の福島、宮城を歩くことで不易流行に思い至るが、陸奥の歌枕の中でも代表的な壺碑《つぼのいしぶみ》に感動した芭蕉は、野田の玉川、おもはくの橋、末の松山、沖の石、浮島などの歌枕を見て廻った。今回はこの宮城の各章を彷彿とさせるものがある。

あさむづの橋は古来有名な橋である。

橋《はし》は　あさむづの橋《はし》。長柄《ながら》の橋。あまびこの橋《はし》。濱名《はまな》の橋《はし》。一《ひと》つ橋《ばし》。うたたねの橋《はし》。佐野《さの》の舟橋《はし》。堀《ほり》江の橋《はし》。かささぎの橋《はし》。山すげの橋。をつの浮橋《うきはし》。一すぢ渡《わた》したる棚橋《たなはし》。心せばけれど、名を聞《き》くにをかしきなり。　　『枕草子』

さて浅水駅から線路沿いに歩き、踏切の所から右へ真直ぐ大きい道を行き右手の麻生津郵便局の前の川があさむつ川で、欄干に「あさむつ川」の橋名板。向かって左の「朝六つ橋の碑」に「越に来て冨士とやいはん角原の文殊がだけの雪のあけぼの　西行法師　朝六つや月見の旅の明けはなれ　芭蕉」。芭蕉の句は敦賀で月見をしようと朝早く橋を渡ったと詠い「あさむつ」に「朝六つ（明け六つ＝朝六時〜九時ごろ）をかけている。

一方右側向かいに黒御影石で平成三年建立の「あさむつ橋」碑が建つ。要約すると『枕草子』で取り上げられて以来藤原定家らに詠まれた名所で、近世にはこの橋を境に北の浅水村　南の浅水二日町に分かれ、橋北詰の陣屋跡と南詰の人馬継立をおこなう問屋を中心に発達した宿場である。浅水から南に進めば水落の宿駅、北に行けば花堂から福井城下へ、東に進めば東郷を経て大野に至る交通の分岐点でもあった」などとある。

橋は幅六メートル、長さは歩いて一二歩（五メートル）ほどの橋である。北国街道を行くに古来渡らざるを得ぬ橋で、大きな古い家並みが多かった。

白鬼女《しらきじょ》の渡《わたし》

（北陸本線鯖江駅よりタクシー、一・八キロ。白鬼女橋。福井県鯖江市舟津町五丁目一）

この辺りは江戸時代から明治時代にかけ三国湊と府中（旧武生市）を結ぶ舟運の終

点で栄え、北国街道が日野川を渡る唯一の場所。

白鬼女とは妙な名だが、西暦五〇〇年ごろ継体天皇が福井の三大川を改修した時、日野川の中下流部を白鬼女川と呼んだことに起因するとも、恐ろしい鬼女が出たという「妖女伝説」に由来するともいう。

江戸時代、両岸に張り渡した綱を手繰って渡る渡舟場で、渡河往来の守り本尊として白鬼女観世音が渡し場に建立されていたが、一七世紀末の大洪水で観世音像は流出。渡舟場も明治六年（一八七三）の吊橋以降、木橋、コンクリート橋に架け替えられていき、観世音像は昭和三七年の災害復旧工事で日野川下流から発見され、昭和三八年観世音堂が建立。

そこで白鬼女橋に向かった。正面に盛り上がった橋が見え、橋右手に新しい白鬼女観世音菩薩堂が建ち、目の前の日野川は遠く四周を山に囲まれ、中央に広い川幅の三分の一ぐらいの川水が流れ、今では橋も地蔵堂も新しくなり、手の込んだ屋根構えの家が多かった。

白鬼女橋から舟津西のバス停留所を過ぎ、信号機を左折する入り口に「歴史の道（北国街道)」の標示がある。北国街道も今は昔で、家並みはほぼ現代流の立派な瓦葺屋根が続き、道の中央には消雪管が埋め込まれていた。

深江バス停留所右手に、鯖江藩主間部《まなべ》家の菩提寺で天井絵で有名という萬慶寺《ばんけいじ》がある。鯖江藩陣屋跡(鯖江市屋形町五の一〇)の一画、手前角に東西南北の里程標柱が建ち七月初旬のことでもあり、どこへ行っても紫陽花が盛りで美しかった。

府中(武生《たけふ》)

(北陸本線武生駅より徒歩三〇分、一・五キロ。芳春寺。福井県越前市武生平和町→徒歩三〇分、一・五キロ。紫式部公園。越前市武生東千福町二〇→市街地循環南ルート、一〇〇円。蔵の辻。越前市武生蓬莱町→徒歩四分、〇・二キロ。総社大神宮・国分寺。越前市京町《きょうまち》一の四の三五)

八日　快晴。…巳ノ刻《午前九時半ごろ》前ニ福井へ出ヅ。符中ニ至ルトキ、未ノ上刻《午後一時半ごろ》、小雨ス。(即)、止。

『曾良旅日記』

芭蕉は府中について記さないが、先行の曾良とほぼ同じ道を辿っている。福井県最古の芭蕉色紙塚や芭蕉のいう「比那が嵩《ひなだけ》」を見ようと、芳春寺や紫式部公園に行ってみた。

河濯山《かわそさん》芳春寺は延暦年中（七八二〜八〇六）醍醐天皇の時、北国鎮守府将軍田村利仁が下向の際重病となるが、大日如来の化身が現れ快癒したので建立、また府中城主本多昌長重病の際、夫人の祈願で全快したという。古く河濯神社と神護寺の神仏習合で、今では臨済宗大徳寺派の寺。紫式部顕彰歌碑、俳聖芭蕉翁の墓（色紙塚）がある。

さて、芳春寺の境内左手に「芭蕉翁の塚」石柱。生垣に囲まれた一画の正面に芭蕉翁の墓、脇石に墓の由来が彫られていた。芭蕉北国行脚の際、当地門人露朝（上坂嵐《らん》枝《し》）に与えた「古池や蛙とびこむ水の音」の色紙を享保一五年（一七三〇）嵐枝他一〇余名が埋め墓を築いたという。

次に「紫式部公園」を訪ねた。

紫式部の父は藤原為時《ためとき》、母は藤原為信《ためのぶ》の娘である。曾祖父兼輔《かねすけ》は中納言まで出世したが、父雅正《まさただ》以後は受領《ずりょう》（地方官）の中流止まりで、母方も同じであった。

長徳二年（九九六）越前守に任命された為時に従い越前に赴いたが、当時二〇代半ばの紫式部に四〇代半ばで二〇代の息子もいた藤原宣孝《のぶたか》との結婚話が持ち上がっていた。結婚を決意した紫式部は、父の任期明けを待たず長徳三年（九九七）冬帰京した。

紫式部公園は平安時代の寝殿造りの建物と庭園の雰囲気をよく伝え、寝殿・渡殿など建物の輪郭は芝生や植え込みで表し釣殿が復元されていた。芭蕉が『おくのほそ道』で、「漸《やうやう》白根《しらね》が嶽《だけ》かくれて、比那《ひな》が嵩《だけ》あらはる。」と述べた比那が嵩（日野山《ひのやま》）を借景に、平安時代の唯一の作庭書『作庭記』に基づき作られた水際の州浜、中島に架かる朱塗りの欄干の橋など、見事な景観をなす廻遊の道を行くと、養老二年（七一八）泰澄大師が開いた信仰の山で、山容から越前富士ともいわれる標高七九四メートルという比那が嵩が実に美しく見えた。

公園の北西隅、紫式部像の周囲に、昭和三三年（一九五八）紫式部顕彰会の発足を期に、谷崎潤一郎揮毫《きごう》の紫式部歌碑「ここにかく日野の杉むら埋む雪小塩の松にけふやまがえる」や、歌碑の完成を祝い「佐々木信綱詞碑　吉井勇歌」歌碑が建っていた。二つとも芳春寺に建てられたが、昭和六一年（一九八六）武生市政三五周年記念事業の紫式部公園に移された。

さてかつての敦賀から新潟以遠に及ぶ広い範囲であった「越の国」は、飛鳥時代の七世紀末には越前・越中・越後に分割され当時の越前には後の石川・能登も含まれていた。

総社大神宮の鳥居を潜った境内左手に大きな「越前国府」石碑が建ち、右手に行くと道路向かいに国分寺が建っていた。古代国司は国内各地の神社に巡拝したが平安時代になると、国内各所の神々を勧請して総社を建立し詣でれば各社の巡拝に替えられたというから為時もそうしたのであろう。

一方国分寺は天平一一年（七三九）聖武天皇の勅命で越前国の国分寺として建立、

石碑　越前国府

当時の越前国は石川県をも含む大国で、国分寺の規模も国内屈指で三大国分寺の一つとして数えられ七堂伽藍を連ねたが、度々の火災で焼失し今では小さな区画となっていた。

さて国府は国衙（政庁）の所在地であるから広い範囲で、中心地に国衙があったのであろうがその位置は分からないとは教育委員会の話であった。大国越前の国府が置かれた武生は政治、経済、文化の中心地として栄え、関西から北陸方面への物資の中継基地となり商人の蔵が並んだが、今では白塗りの蔵の商店が並び蔵の辻として新名所となっていた。

鶯の関

（北陸本線南条駅より徒歩四八分、〇・二四キロ。鶯の関。福井県南条郡南越前町関ヶ鼻）

あさむづの橋をわたりて、玉江《たまえ》の蘆《あし》は穂に出《いで》にけり。鶯《うぐひす》の関を過《すぎ》て、湯尾《ゆのを》峠《たうげ》を越《こゆ》れば、…

『おくのほそ道』

鶯の鳴きつる声にしきられて行きもやられぬ関の原哉　源仲正

『歌枕名寄』

わがおもふこころもつきぬ行く春をこさでもとめよ鶯の関　康資王母

『歌枕名寄』

関の名の由来は、右のような歌に詠まれ鶯の関という風雅な名の関所と呼ばれるようになった。しかし芭蕉たちが訪れた時には関所はすでに廃止されていた。

駅ホームには二《メートル》までの尺柱が建ち、冬の雪深さを思わせた。旧道を行くと右手の山裾に鶯の関跡の石碑が建ち旧道左脇には関用水が流れている。この旧道に並ぶ家が関の鼻集落であろう。その向こうに北陸本線、国道三〇五号線が通りそのさらに向こうに日野川が流れている。

旧道を進んでいくと熊野神社となり、その先で集落は終わっていた。

湯尾峠《ゆのをとうげ》

（北陸本線湯尾駅より徒歩三〇分、一・七キロ。湯尾峠登山口→徒歩五〇分、〇・四キロ。

湯尾峠。福井県南条郡南越前町《ちょう》湯尾→徒歩四〇分、一キロ。湯尾峠今庄《いまじょう》側入り口）

鶯《うぐひす》の関を過《すぎ》て、湯尾峠《ゆのをたうげ》を越《こゆ》れば、燧《ひうち》が城《じやう》、……

『おくのほそ道』


湯尾峠登り口右手の大きくさっぱりした湯尾神社で峠越えの無事を祈った。振り向くと眼下の山間に南条町、右手は色づき始めた稲穂の棚田であった。

湯尾集落から舗装路を登った右手に湯尾峠入り口の小さな標柱が建ち、小暗き杉林の中を行くと摩耗した地蔵様が幾つか祀られていた。

現在の峠は天正六年（一五七八）、北ノ庄城主柴田勝家が安土への参勤のため改修した。

峠道は馬も通れる道幅で、馬の水飲み場を過ぎ右へ登る。急な九十九折《つづらおり》の山道で、右手に「峠ご膳井跡」の標柱が建っていた。頂上手前は石組の階段で両脇も石が積み上げられ、頂上はカラリと広かった。右奥上方に孫嫡子《まごぢゃくし》神社が祀られ、中央に「湯尾峠」標柱が建っている。

孫嫡子神社

孫嫡子神社脇の石碑などには次のように記されていた。峠に住んだ老夫婦が子のないのを嘆いたところ大宝元年《七〇一》役小角《えんのおづぬ》が訪れ神呪を授け、娘が来て子ができた。子を授けた光明童子の化身が近くの藤倉山で、母は傍らの鍋倉山に帰っていった。孫嫡子は東大寺などに学びこの地に庵を結び人々の災危を除いた。

延喜一五年（九一五）疱瘡に罹った醍醐天皇が当社に祈願したところ快癒され、以降疱瘡の神として全国に知られるようになり、湯尾峠頂上には疱瘡の神を祀る孫嫡子神社の守り札を売る茶屋が四軒ほどあったという。

左手に上がってみると芭蕉句碑「月に名をつつみかねてやいもの神」が建っていた。眼下に遠く国道三六五号線が見える。

頂上にいる間に今庄側から男の二人連れが登ってきたので、道は湯尾集落側からと同じなのかと我々は今庄側へ下山を始めたが、今庄側は草ぼうぼうで次第に道は細く分からなくなり、とうとう北陸本線のトンネルの上に出てしまい行き場を失った。やむなくトンネル手前の草生い茂るなだりを、下方に見える重機置き場の広い空き地に向けて草をなぎ倒しその上を滑り降りた。

ところで朝露を踏みしだいた大きな熊の足跡が二つ、湯尾集落から登り始めた際あったが黙っていたとは連れ合いの後での話であった。

燧《ひうち》ケ城《じょう》跡

（北陸本線今庄駅より徒歩二〇分。一・五キロ。燧ケ城跡。福井県南条郡南越前町今庄）

鶯《うぐひす》の関を過《すぎ》て、湯尾峠《ゆのをたうげ》を越《こゆ》れば、燧《ひうち》が城《じやう》、かへるやまに初鴈《はつかり》を聞《きき》て、…

『おくのほそ道』

木曾義仲が築城させた城で、今庄の西の藤倉山から西に突き出た愛宕山（二六八メートル）の頂にある。

ここから南は鹿蒜《かひる》川が流れ木ノ芽峠、山中峠に至る谷で旧北陸道が通り、左手に日野川が流れ栃ノ木峠に至る北国街道が通る谷が一望でき、また北は今庄の町並みや湯尾峠、杣山城《そまやまじょう》跡のある杣山を一望できる要衝の地であるという。

寿永二年（一一八三）四月、平家は木曾義仲追討のため平維盛率いる一〇万の大軍を北陸路へ差し向けた。義仲は越後の国府にいて、燧ケ城は平泉寺斎明威儀師《さいめいいぎし》などを大将に、日野川を堰き止め周囲一帯を水浸しにして大軍を迎えたが、斎明威儀師が平家に内通し陥落、義仲軍は敗走したが、五月倶利伽羅峠の合戦に勝利した。

南北朝時代、この城は再び攻防の戦場となり、戦国時代には越前一向一揆と信長軍が対戦、北陸道第一の城郭といわれた燧ケ城は数世紀にわたり戦略上の重要な拠点として利用されてきたという。

さて燧ケ城跡への登り口の標識は豊富だが草ぼうぼうで、入り口には黄色と黒の縄が張られそこを登って行くが道は細くかなりの急傾斜であった。尾根が長く続くのだが入り口に比べ、何ら標識がなく初めて登る者にとっては不安であった。

やがて評定石のような大石が道脇にあり、ここが頂上かと思い引き返したが、この高台に石段が造られていた。あとで考えると石段をさらに上ると史跡があったのだろう。そこまで行けず失敗だったが、湯尾峠の今庄側への降り口同様、何の標識もなく残念であった。

かなり急な細道で連れ合いは度々休憩をとった。下山し新羅《しらぎ》神社の境内でしばらく休み見回すと、正面の「愛宕山登山道入口」の石柱の右側面に「源平古戦場燧ケ城址」とある。

この石柱が建つ登山道入り口左手の建物の壁に、「岐阜蝶は国の絶滅危惧二類にして、捕獲しないで下さい　ギフチョウを守る会」の告知板がある。この山はカタクリの群生地で花の蜜を吸う岐阜蝶が集まってくるのだろう。

この後、今庄宿でもらった「今庄宿散策マップ」によれば、この山に残る土塁・石垣などは戦国時代末期のものであるという。

今庄宿

（北陸本線今庄駅より徒歩三分、〇・一五キロ。福井県南条郡南越前町今庄）

八日　快晴。…府中ニ至ルトキ、未ノ上刻《午後一時半ごろ》、小雨ス。（即）、止。申ノ下刻《午後五時前後》、今庄ニ着、宿。　『曾良旅日記』

幾重にも重なる南条山地は北陸道の難所であった。畿内から北陸地方へは、古代には敦賀から杉津《すいづ》を経、南条山地を越える山中峠越え（標高三八九メートル）があった。九世紀以降になると敦賀の葉原《はばら》、新保《しんぼ》から南条山地を越える木の芽峠越え（標高六二八メートル　西近江路・北陸道）ができ、天正年間（一五七三～九二）、柴田勝家により滋賀県余呉《よご》町《ちょう》辺りから直接福井県に入る栃ノ木峠越え（標高五三八メートル　東近江路・北国街道）が改修された。

湯尾峠、山中峠、木の芽峠、栃ノ木峠のいずれの山越えも今庄に至るので、今庄は北陸の玄関口、地域の流通の要となり越前の宿場として最も栄えた。初代福井藩主結城秀康は北陸道を整備、重要な宿駅として町並みを造らせた。

芭蕉没後一〇〇年以上も後のことであるが、今庄宿は文化年間（一八〇四〜一八一八）には街道に沿って南から北へ、上町・観音町などの五町が一キロに及び、中町には福井・加賀両藩の本陣、脇本陣、問屋、造り酒屋、旅籠《はたご》が集まり高札場もあった。

江戸参勤には北国街道（栃ノ木峠越え）が最短で、越前各藩は必ず今庄宿を利用し、江戸中期以降は商用や京への寺参り伊勢参りなどの旅人の宿泊が急増した。当時の旅人の一日の旅程は男は一〇里（約四〇キロ）、女は八里（約三二キロ）で、福井から今庄まででは約八里なので、福井を早朝に旅立つと多くは今庄に宿泊したという。

さて今庄宿を歩いてみることにした。

質素な今庄駅を出ると北陸道にぶつかる。平三郎金物店を正面にして右折すると、福井から府中に至り湯尾峠を越えてやって来た芭蕉が今庄宿に入った下木戸跡方面になる。地上スレスレにツバメが飛び、道の中央には消雪管が埋め込まれ大きな造りの家が多い。

すぐ、脇本陣跡の標柱が建ち、本陣が使用されている場合使われたが、特に加賀の殿様が使ったので加賀本陣ともいうとある。

向かいに高札場跡、問屋跡の標柱が建つ。高札場は幕府や福井藩が、忠孝札、毒薬札、切支丹札、口留札などおよそ一〇種の禁令を板書して一定の場所に掲げた場所で、問屋は近世宿役人の長で、帳付、馬指など指揮し宿駅業務を遂行。地方役人や町役人が兼務した。

高札場の右隣が本陣跡で大きな「今庄行在所」石柱が建っている。本陣は公家、幕府役人、大名など貴人が宿泊し、寛永一二年（一六三五）参勤交代が始まってから宿場は発展した。享保三年（一七一八）大庄屋で格式高く宿場の指導的地位を占めた後藤覚左ヱ衛門が本陣を仰せつかり、邸宅は壮大で明治一一年（一八七八）明治天皇北陸巡行の際、行在所となった。後藤家は後、移住したが広大な敷地の奥に現在では立派な明治殿が建つ。

若狭屋

さてこの向かいが一般庶民が泊まる旅籠《はたご》若狭屋で実に素朴である。屋根を檜皮《ひはだ》で葺き、飛ばないように石を載せた。食糧持参で薪代などを払ったという。

この地方は江戸時代に三回の大火にあい、現在の建物は明治、大正ごろのものが多いらしい。若狭屋の左隣が塗籠《ぬりごめ》の外壁と赤みがかった越前瓦の屋根、防火壁として造られた卯建《うだつ》、二階部分には袖卯建があり、完全な防火構造の京藤甚五郎家である。天保年間（一八三〇～一八四四）ごろの建物で、造り酒屋であったが勿論芭蕉のころはなかった。

さらに下木戸跡に向けて北陸道を歩いて行くと、黒い堂々たる建物にお札場《ふだば》跡の説明板が建っている。四代福井藩主光通《みつみち》の寛文元年（一六六一）、福井藩は幕府から銀兌換《だかん》の藩札の発行を認められ、藩内では藩札の使用が強制された。大宿場町である今庄では旅人や商人が金銀を藩札に、藩札を金銀に両替

京藤甚五郎家

するお札場が必要であった。芭蕉や曾良のおくのほそ道の旅は元禄二年（一六八九）のことであるから芭蕉や曾良も金銀と藩札の両替の必要があった。

道の両側には水が流れ、道は上り下りを繰り返す。さて北陸本線の第二大岩踏切で今来た道を戻ることにした。下木戸跡から今庄宿へ入ると、北陸道は直進せず急に右に曲がって行く。見通すことができぬように造られた矩折《かねおり》、一般的にいう枡形で、武者だまりに使ったり、敵の侵入の勢いを弱める防御の構造である。

卯建の上がった堂々とした家々の説明立て札には、「福井県認定証　ふくいの伝統的民家」という木札が付いている。

先の本陣跡に戻り休憩中、今年初めて生まれたばかりの蝉の鳴き声を聞いた。

次いで敦賀方面から今庄宿に入る上木戸跡に向かった。右手に「燧ケ城跡・藤倉山

今庄宿　上木戸入り口辺り

登り口」の標柱が建つ。その先が郷社、新羅神社入り口で鳥居が建っているが、くねくねとした街道沿いに卯建の上がった家が所狭しと建ち、道は次第に細くなった。

右手に稲荷神社の石柱が建ち、山の傾斜地を登って行くと鳥居が建っていた。この辺りが上木戸入り口なのだろう。辺りは深い山だ。

上木戸入り口とおぼしき辺りの右手（本陣跡から来て）の地蔵堂に摩耗した二体の地蔵尊「城南やなぎ清水地蔵尊」が祀られていた。

さて今夜の宿今庄ふれあい会館へ向かう。ここには今庄役場、今庄地区公民館、南越前町今庄図書館などが建ち、右手に今庄保健センター、南越前町シルバー人材センターがあり、右奥にふれあい会館があった。敷地奥の小山の頂上に山本周五郎碑が建ち、背後に芭蕉句碑「義仲の寝覚の山か月かなし」

が国道三六五号線に面して建っていた。

かつてこの場所はＪＲの機関区で、跡地に公民館やふれあいセンターなどが建ち、その一画にＤ51が展示されていた。今庄・敦賀間の木の芽嶺の難所に備え、バリキがあって山道などに強いＤ51が活用され、機関車の付け替え・増結に、列車は五分以上の停車が必要なためホームでの立ち売りがにぎわい、機関庫や鉄道施設の整備された国鉄の町となった。

しかし昭和三七年（一九六二）一四キロの北陸トンネルの開通や電化などで斜陽化した。

翌朝宿の周囲に沢山のツバメが飛翔し、隣室の男たちが鮎釣りに出かけて行った。昨夜、釣りあげた鮎を焼いてもらって大皿に盛り上げ、釣り名人たちが話に花をさかせていた。

センターの人の話では近くにスキー場があり、冬の雪は四メートルくらい積るらしい。山に囲まれていてカモシカ、猪、熊、猿が沢山いて畑を荒らして困るが、いのしし鍋は一一月が脂がのってきて旨いなどという。

第八部　福井県敦賀市

「越路《こしぢ》の習ひ、猶《なほ》明夜の陰晴《いんせい》はかりがたし」と…

金ヶ崎城跡《かねがさき》

（敦賀駅バス停留所③より⑮ぐるっと敦賀周遊バス。↓金ヶ崎緑地。二〇〇円。↓徒歩二〇分、〇・七キロ。金前寺《こんぜんじ》。福井県敦賀市金ヶ崎町一の四↓徒歩五分、〇・二キロ。金ヶ先宮。敦賀市金ヶ崎町一の一↓金ヶ崎城跡。前に同じ。↓徒歩三〇分、一・四キロ。市民文化センター。敦賀市桜町七）

九日　快晴。…未ノ刻《午後二時ごろ》、ツルガニ着。先、気比へ参詣シテ宿カル。唐人ガ橋、大和や久兵へ。食過テ金ヶ崎へ至ル。山上迄廿四、五丁。夕ニ帰。…　　『曾良旅日記』

敦賀の町は二車線で道幅が広く、ここも雪深いのだろう、雁木ならぬアーケードが左右に続いていた。バス停留所金ヶ崎緑地で下車すると左手は海であった。戻って変則十字路を右へ。方向を尋ねるため港湾合同庁舎へ入って行くと、すぐ目の前が税関であった。港町3とある路地を右折し突き当たりを左へ、廃路となったJR貨物敦賀港線の線路を渡る。

「官幣中社　金崎宮」の大きな石柱の奥、山の麓にまだ新しい感じの大きな寺、金前寺があり金崎宮、金ヶ崎城跡へ行く人は寺の前の通りを左折とある。

真言宗の金前寺は、天平八年（七三六）聖武天皇の勅命で、泰澄大師が十一面観世音菩薩を刻み本尊として開創した。元は気比宮奥院で、延元の役（一三三六〜一三三七）には観音堂が恒良《つねよし》親王、尊良《たかよし》親王の行在所となった。

南北朝時代、新田義貞は後醍醐天皇の命を受け延元元年（一三三六）一〇月、天皇の第一皇子尊良親王、天皇の皇太子恒良親王を奉じ金ヶ崎城に入城、半年間戦った。翌二年三月陣鐘を海に沈め落城、尊良親王、新田義貞の嫡子義顕以下将士三〇〇余名が亡くなった。

戦国時代の元亀元年（一五七〇）四月、織田信長は徳川家康、木下藤吉郎らを敦賀に進軍させ朝倉義景討伐の軍を起こし、天筒《てづつ》城、金ヶ崎城を落とし越前に攻め入ろうとしたが、近江浅井氏が朝倉氏に味方し、信長は朝倉氏と浅井氏に挟まれ急遽総退却する窮地に陥った際、秀吉が金ヶ崎城に残り、しんがりを務めて信長は無事帰京した。

急峻な斜面は当時の面影を偲ばせ、八六《メートル》の最高地は月見御殿といい、この辺り一帯の平地が本丸跡といわれ、中腹には金ヶ崎宮が創建されている。

金前寺庫裏の左手の歓喜天堂右脇に鐘塚があった。古びた石に「月いつこ鐘は沈るうみのそこ　はせを」、正面に「芭蕉翁鐘塚」とある。『おくのほそ道』に書いてはないが芭蕉は広大な敦賀湾を眺め、陣鐘は海底に沈んでその音を聞くこともできないが、今宵の名月はどこに潜んでいるのかと思いに耽ったのであろう。

道なりに行くと、山への登り口となり、右手に説明板と金ヶ崎（天筒山）公園案内図が建っている。山への階段を上って行くと中腹に、明治二三年（一八九〇）建立の尊良親王と恒良親王を祭神とする金崎宮が古木の桜や紅葉など鬱蒼とした境内に建ち、奥に能舞台と立派な拝殿があった。

金崎宮の左手に「史蹟金ヶ崎城跡」の大きな石柱が建ち左脇に説明板が建っていた。右手の小暗い木下の中の階段をさらに上へ上へと上って行くと「金ヶ崎城跡」「展海広場」の標示があり、さらに右手に上がって行くと小高い所に「尊良親王御陵墓見込地」とあった。

さらに絶壁のような階段を上って行くと「金碕古戦場石柱」と大きな石碑が建っていた。月見御殿への道は昨日の雨で滑りやすく、枯葉が側溝からあふれだし道端に積みあがっている。その先の高台に登ると海抜八六メートルという「月見御殿」となり、そこはカラッと空が開け、広大な敦賀湾を見下ろせた。

左手に見えるのは気比の松原であろうか、一方右下は広大な敦賀セメント株式会社で、新田義貞が陣鐘を沈めたのはこんな大きな海だったのかと感嘆すると共に、湾が広いので北前船なども何艘入港しても抱え込めると思ったが、後で運転手さんの話では北前船が入ったのはここではないという。
敦賀は古くからの港で国際港でもあったから、大きな鉄工所が多く運輸業のトラックの往来が多い。昭和橋を渡ると敦賀港湾管理事務所があり、その向かいの洒落た敦賀市民文化センターの入り口右手に「芭蕉翁月塚」石柱と「気比の海　国々の八景更に気比の月」の大きな句碑、脇に敦賀ロータリークラブの説明碑が建っていた。

けいの明神《みょうじん》（気比神宮《けひじんぐう》）

（出雲屋跡から徒歩一〇分、〇・六キロ。気比神宮。福井県敦賀市曙《あけぼの》町一一の六八）

その夜、月殊晴《ことにはれ》たり。「あすの夜もかくあるべきにや」といへば、「越路《こしじ》の習ひ、猶《なほ》明夜の陰晴《いんせい》はかりがたし」と、あるじに酒すゝめられて、けいの明神《みやうじん》に夜参《やさん》す。

『おくのほそ道』

九日　快晴。…未ノ刻《午後二時ごろ》ツルガニ着。先、気比へ参詣シテ宿カル。唐人ガ橋、大和や久兵へ。食過テ金ヶ崎へ至ル。…

『曾良旅日記』

気比神宮を土地の古老は「けいさん」と呼ぶらしい。北陸道総鎮守・越前国一之宮で、祭神七座だが、神代からのこの地の主神は伊奢沙別命《いざさわけのみこと》別名を笥飯《けひ》大神ともいい「けひ」の「け」は食べ物をさし、「ひ」は神霊をさす接尾辞。山海の幸に恵まれた土地であったのであろう。

敦賀という地名だが、崇神天皇の御代、額に角が映えた朝鮮国の王子ツヌガアラシトが舟に乗って笥飯《けひ》の浦に泊まった。

このツヌガアラシト像が敦賀駅前に建っている。説明板によれば任那国の人で、武装して上陸したとすれば角に見えたのは甲冑の甲の飾りではなかったか…などの説がある。最初は額に角があったので角額《つぬぬか》↓角鹿《つぬが》↓元明天皇の和銅六年（七一三）敦賀《つるが》という字に改められたといい土地の由来が偲ばれ楽しかった。

芭蕉が敦賀に着いた夜は、月が格別に美しく「あすの十五夜も晴れるだろうか」と言うと、「北陸地方の常として明晩のことは予想できかねる」と言う宿の主人に酒を勧められ、それから気比明神に夜参した。

仲哀天皇《ちゆうあいてんのう》の御廟《ごべう》也。社頭神さびて、松の木の間《こま》に月のもり入《いり》たる、おまへの白砂霜を敷《しけ》るがごとし。

『おくのほそ道』

気比神宮は、伊奢沙別命を主神に日本武尊・仲哀天皇・神功皇后・広神天皇・豊姫命・武内宿禰を合祀しているが、日本武尊の第二皇子、仲哀天皇が妻の神功皇后と角鹿（敦賀）に御幸の時、宮を建て笥飯《けひ》といった。その後紀伊に移ったが、九州の熊襲《くまそ》が叛いたので筑紫に軍を進め亡くなった。こうしたことから芭蕉のころは気比神宮は仲哀天皇の霊を祀る廟として知られていた。

往昔《そのかみ》、遊行《ゆぎやう》二世の上人《しやうにん》、大願発起《ほつき》の事ありて、みづから草を刈《かり》、土石《どせき》を荷《にな》ひ、泥渟《でいてい》をか（わ）かせて、参詣往来《わうらい》の煩《わづらひ》なし。古例《これい》今にたえず、神前に真砂《まさご》を荷ひ給ふ。「これを遊行の砂持《すなもち》と申侍《まうしはべ》る」と、亭主《ていしゆ》のかたりける。

月清し遊行のもてる砂の上

十五日、亭主の詞《ことば》にたがはず雨降《ふる》。

名月や北国《ほくこく》日和定《びよりさだめ》なき　『おくのほそ道』

宿の主人が「昔、遊行二世の他阿上人が土や石を運び、泥や水たまりを乾かしたので参詣人の往来に苦労がなくなった。そのしきたりで代々の上人が神前に真砂をになわれるのを遊行の砂持という」と話してくれた。参拝してみると、社前に遊行上人が運ばれた砂が敷かれ、八月一四日の月に皎々と照らされ貴く感じられる。翌一五日は、亭主の言葉通り雨が降り、今夜こそ仲秋の名月だが雨で宿の主人が言った通りになったというのである。

さて我々も気比神宮を訪ねた。曇天で蒸し暑いが海風が幾分涼しい。曲がり曲がって気比神宮鳥居の道路向かいに出た所に、砂を運ぶ上人や人々の等身大の像と「お砂持ち神事の由来」の説明板が建っていた。

正安《しょうあん》三年（一三〇二）他阿真教が諸国を廻ったが、参道周辺が沼地で参詣者が難儀していたので、上人が神官、僧侶、信者らと浜から砂を運び改修にあたった故事にちなみ、「遊行上人のお砂持ち神事」として今日まで時宗大本山遊行寺（藤沢市清浄光寺）の管長交代時にこの行事が行われるとある。

気比神宮の大鳥居辺りまで沼地であったのであろうか。厳島神社（広島県）、春日大社（奈良県）と共に木造では日本三大鳥居の一つ気比神宮の赤鳥居は木叢を背に落ち着いた風情を見せていた。

赤鳥居の前に大きな「官幣大社気比神宮」の石柱が建ち、赤い太鼓橋の手前に気比神宮の説明板。

入って右手に芭蕉像が建ち、その台石に「月清し遊行のもてる砂の上　はせを」が西村家素龍本原本の書体を写し刻まれていた。芭蕉像の左手背後に「気比のみや　はせを　なみだしくや遊行のもてる砂の露」の古歌碑が建ち、左手に「芭蕉翁杖跡」石柱が建っている。

樹齢七〇〇年のタモの樹の前、愛媛県石鎚山産の青石に「芭蕉翁月五句」として「国々の八景更に気比の月　月清し遊行のもてる砂の上　ふるき名の角鹿や恋し秋の月　月いつく鐘は沈る海の底　名月や北国日和定なき」とある。

気比神宮は折からの雨に緑の中静かに鎮座し、太く白いユーカリの樹が眼を引く。雨が本降りとなりカッパ上下を着た。

大和ヤ久兵へ宿、出雲や弥市良宿、天や五郎右衛門宅

（気比神宮より徒歩一〇分、〇・六キロ。出雲や弥市良宿。福井県敦賀市相生町二の一六
大和ヤ久兵宿→徒歩一〇分、〇・四キロ。天や五郎右衛門宿。敦賀市蓬莱町一四の二三）

鶯《うぐひす》の関を過《すぎ》て、…燧《ひうち》が城《じやう》、かへるやまに初鴈《はつかり》を聞《きき》て、十四日の夕ぐれ、つるがの津に宿《やど》をもとむ。　『おくのほそ道』

九日　快晴。…今庄ノ宿ハヅレ、板橋ノツメヨリ右へ切テ、木ノメ峠ニ趣、…右ハ火ウチガ城、…。未ノ刻《午後二時ごろ》、ツルガニ着。先、気比へ参詣シテ宿カル。唐人ガ橋、大和ヤ久兵へ。食過テ金ケ崎へ至ル。…　『曾良旅日記』

十日　快晴。…。巳刻《午前九時半ごろ》、便船有テ、上宮趣、二リ。…。申ノ中刻《午後四時半ごろ》、ツルガへ帰ル。夜前、出船前、出雲や弥市良へ尋。

隣也。金子壱両、翁へ可渡之旨申頼、預置也。…『曾良旅日記』

十一日　快晴。天や五郎右衛門尋テ、翁へ手紙認、預置。五郎右衛門ニハ不逢。巳ノ上刻《午前八時半ごろ》、ツルガ立。…『曾良旅日記』

曾良は一足早く山中温泉を出立したが、行く先々で後から来る芭蕉を気遣い、いろいろ配慮をしている。

『おくのほそ道』によれば、芭蕉は八月一四日の夕暮れに敦賀の港につき宿をとっている。先行した曾良は八月九日敦賀に着き唐人橋町の大和ヤ久兵へに宿をとり、翌一〇日、常宮など見学し夕方敦賀へ戻り、夜前の出船の前に唐人橋の自分の泊まった大和ヤ久兵への隣の、芭蕉が泊まるはずの出雲や弥市良宿を訪ね芭蕉に渡してくれるよう金子壱両（一〇万円）を預けた。翌一一日には、この旅で最後の歌枕となる「種《いろ》の浜《はま》」へ出かける際、芭蕉が世話になる天や五郎右衛門宅を訪ね、芭蕉への手紙を預けている。

さて曾良が泊まった唐人橋の大和ヤ久兵へ宿と、隣の芭蕉の出雲や弥市良宿を訪ねた。雷が鳴り出すなか唐人橋町（現相生町）の相生商店街きらめき通りのアーケード街に入る。

左手の「レストランうめだ」の前に「芭蕉翁逗留出雲屋跡」石柱と説明板が建っている。出雲屋に泊まった芭蕉は、その夜主人弥市良の案内で気比神宮に参詣し、長旅で使った笠と杖を残していったが出雲屋は早くに絶え、隣家で親戚の富士屋が跡を継ぎ蕉翁宿として親しまれ、芭蕉の杖も伝えられているという。

出雲屋跡

しかし出雲屋の隣にあったという曾良宿泊の大和ヤ久兵へ宿の標示はどこにもなかったが大雨で洗われ町は爽やかであった。次いで種の浜で芭蕉が世話になった天や五郎右衛門宅を訪ねてみる。蓬莱町の海岸線通りに出てみると敦賀倉庫株式会社、敦賀海陸運輸株式会社などと並び鉄鋼の大きな製作所が多い。

この福浦湾の西側、金ヶ崎から蓬莱町の辺りの海岸線通りが酒田からの北前船の寄港地で、蓬莱町はかつて西浜町、東浜町といい船町（船問屋の町）であったが近代化し面影はないとは敦賀市教育委員会の話である。

さて蓬莱町八の路地を曲がって行くと、前方右手に「あみや蓬莱客館」の看板、その駐車場左角に「おくのほそ道天屋玄流旧居跡」石柱と説明板が建つ。天や五郎右衛門は玄流、天屋水魚と号し当時の敦賀俳壇の中心的存在で、天屋は代々俳人を輩出しながら明治期まで北前船主として活躍、平成一四年までこの地に煉瓦造りの洋館が残されていたとある。

敦賀港は三方を山に囲まれ天然の良港として古代から栄え、江戸時代には日本海を航行し物資の売買を行う北前船の中継地として栄え産品の集積港となった。牛馬で琵琶湖北側の海津《かいづ》や塩津《しおつ》へ運び、琵琶湖を渡り大津から京都や大阪（大坂）へ運んだ。昆布はおぼろ昆布などの加工技術が発達、江戸時代昆布屋が一〇〇軒近くあった。

敦賀港の位置づけは、明治政府がまず建設すべき鉄道として東西両京を結ぶ幹線と、東京〜横浜間、京都〜敦賀間の支線を掲げ、この支線の起点駅として後に敦賀港駅と改称された金ヶ崎駅が明治一五年（一八八二）開業、同一七年（一八八四）支線は滋賀県の長浜駅に達し幹線に接続した。

明治三二年（一八九九）敦賀港は外国貿易港の指定を受け国際航路開設、金ヶ崎駅は日本の表玄関となるが、平成二一年（二〇〇九）以降敦賀港駅はトラック輸送の拠点となり線路の痕跡だけが残った。

孫兵衛茶屋（西村家）

（敦賀駅から車で二五分。孫兵衛茶屋。福井県敦賀市新道字新道野）


気比神宮の芭蕉像の台石に刻まれた「月清し遊行のもてる砂の上」は、芭蕉の『おくのほそ道』西村家素龍本原本の書体を写し刻まれたと記したが、西村家とは何か。

旅を終えた芭蕉はいつごろどこで『おくのほそ道』を執筆し、その本はその後どういう経路を踏んでいったのかみておこう。

元禄二年（一六八九）八月、終着地大垣に辿り着き九月六日まで滞在した芭蕉は『おくのほそ道』の旅を終えた。元禄三年（一六九〇）膳所《ぜぜ》郊外の国分山の幻住庵に滞在し、『幻《げん》住庵記《じゅうあんのき》』を出し、元禄四年（一六九一）四月～五月まで洛西嵯峨の向井去来の別荘落柿舎に滞在し『嵯峨日記』を記すと共に、芭蕉の風雅観や芸術観を知ることができる「笈の小文」の執筆と整理を行った。一方「さび」の俳風といわれる去来・凡兆編の『猿蓑』を出版。一〇月江戸に帰り日本橋の借家で年を越した。

元禄五年（一六九二）五月、新築された芭蕉庵に移り、点取り俳諧が充満している江戸で「軽み」を徹底させていく。

ところで、芭蕉三三歳のころ、伊賀から引き取って世話をしていた甥の桃印が延宝八年（一六八〇）冬の江戸大火がらみに行方不明となっていたが、芭蕉五〇歳の元禄六年（一六九三）結核を患い頼ってきた。三月に看取りを終えた後、子連れの寿貞の面倒をみることになるが、昨秋入門の彦根藩士許六が四月末に帰郷するというので、餞別に「柴門ノ辞《さいもんのじ》」

を与えている。

予が風雅は夏炉冬扇《かろとうせん》のごとし。衆《しゅう》にさかひて用《もち》ゐる所なし。

柴門ノ辞

自分の俳諧は夏の炉や冬の扇のようなもので大衆の動向に反し、何の実用にもならないが、それこそ真の文学であるというのである。

様々なことがあってか、七月盆過ぎから一か月間、芭蕉は閉関《へいかん》を宣言し、人に会わなかった。このころ『おくのほそ道』が執筆され、欝々とした気分のなか風雅の理想郷に心を遊ばせていたのであろうか。

翌元禄七年（一六九四）五一歳の五月、門人柏木素龍に清書させた『おくのほそ道』を兄半左衛門に渡すため、元禄四年入門の美濃国の人、各務《かがみ》支考や寿貞の連れ子、次郎兵衛と上方へ向かった。

『おくのほそ道』素龍清書本が現在西村家に秘蔵されるに至った経過を、西村久雄氏提供の敦賀市教育委員会発行の『図録　敦賀の文化財』に依ると、先ず素龍本は兄半左衛門に渡されたが、後に芭蕉の遺言で門人の向井去来が譲り受けた。去来没後、京都の医師久米升顕の手に渡り、その娘が小浜の吹田几遊に嫁ぎ几遊に贈られたがその若死で妻が親戚の敦賀の白崎琴路に譲り、琴路亡き後、孫の長顕が妻の親、西村野鶴に贈って以来という。

孫兵衛茶屋（西村家）

さて奥野を過ぎ山々を越えて、右手へ入り奥阿生《おくあそう》を通り、新道の集落を左に見て国道八号線を行くと、道路沿い右手に孫兵衛茶屋。店内に「当家所蔵　国指定重要文化財」、『おくのほそ道素龍清書本』展示コーナーがあり、西村久雄氏が説明してくれた。

素龍清書本は二冊あり、最初は漢字を大きく書きアクセントが強かったので芭蕉が書き直してもらったのか、後者には芭蕉自筆の題簽《だいせん》『おくのほそ道』が貼られている。現在は糸の修理に出してあるという。

西村家は敦賀で陸揚げした商品を検問し大津へ運ぶ

仲介をしており、西村家の庭は江戸初期のものという。常宮神社に西村野鶴の芭蕉句碑があるというので常宮神社を目指した。

常宮神社《じょうぐうじんじゃ》、西福寺《さいふくじ》

（孫兵衛茶屋からタクシー約三五分。常宮神社。福井県敦賀市常宮一三の一一→タクシー約一五分、西福寺。敦賀市原《はら》一三の七）

十日　快晴。朝、浜《色浜》出、詠。…巳刻《午前九時半ごろ》、便船有テ、上宮趣、二リ。コレヨリツルガヘモ二リ。ナン所。帰ニ西福寺ヘ寄、見ル。中ノ中刻《午後四時半ごろ》、ツルガヘ帰ル。『曾良旅日記』

芭蕉は書いてないが、曾良は常宮神社や西福寺を訪ねている。芭蕉も訪ねたであろうか。

さて常宮神社は緑の木々に囲まれ雅に建っていた。入り口には「ますほの小貝」が

常宮神社

参拝記念にと置かれている。

常宮神社入り口の石の大鳥居の左、大椎の木の右下に摩耗した句碑「月清し遊行のもてし砂の上」があるが、西村野鶴の芭蕉句碑とはこれであろうか。

常宮神社は大宝三年（七〇二）勅命により造られ、上古から養蚕の神としてこの地にあがめられていた天八百萬《あめのやおよろづ》比咩命《ひめのみこと》をはじめ、三韓征伐の際この地で腹帯を付け福岡県での応神天皇安産の神として、また朝鮮への航海の際、海神を祀り海上の守り神としての神功皇后らが合祀されている。

明治維新までは気比神宮の奥の宮であったが、明治九年（一八七六）県社常宮神社となって気比神宮より独立、漁業者・船主・船乗りの信仰を集めている。

ところで先の大鳥居脇の芭蕉句碑の手前に「国宝　朝鮮鐘」という石標が建ってい

る。この鐘は新羅鐘《しらぎのかね》といい、豊臣秀吉が常宮神社を崇敬し、文禄の役（一五九二）の際兵士の武運長久を祈願、朝鮮慶州の釣り鐘を若狭藩主大谷義隆を正使に奉納した。朝鮮の大和七年、我が国でいえば奈良時代の白雉二年（六五一）の作で、金を多く含み古代音楽の楽器としても優れた名鐘という。

広大な杜を背景に、境内には沢山の小社が祀られ、常宮神社の鳥居正面の休憩所の前が海で、海の真向かいが金ヶ崎であった。

さて西福寺を目指し県道三三号線を行った。

コンクリート造りの西福寺の三門の手前右奥に、森川許六が旅姿の芭蕉と曾良を描いた『芭蕉行脚図』と『曾良旅日記』の「十日　快晴。…」の全文、さらに「芭蕉に随行した曾良が、山中温泉で師と別れ元禄二年八月九日、木の芽峠を越え敦賀に到着し大和屋に投宿、金ヶ崎を訪れた後、夜半に船で種の浜に赴き本隆寺で一泊、翌十日常宮に詣で更に西福寺に参詣している。芭蕉翁が西福寺に参詣したとしても不自然とは思えない」などと刻んだ石碑が曾良文学碑として建っていた。

西福寺は浄土宗鎮西派の中本山で、応安元年（一三六八）後光厳《ごこうごん》天皇の勅願所として法然上人の弟子良如上人が大原山麓に開山、浄土宗では北陸きっての名刹で、「越《こし》の秀麗《しゅうれい》」の別称の格式を持つ。

正面に堂々たる御影堂が建っているが改修中で、浄土宗総本山知恩院（京都市）に匹敵する規模だという。

四修廊下伝いに、平重盛の持仏で天台宗第四祖慈覚大師（円仁）作の阿弥陀三尊が本尊という阿弥陀堂へ向かう。背後の山を背に石組がなされ山から涼しい風が吹いてくる。石橋が架かり池に石が組み立てられ、廊下を歩いて行くと目の前に上へ上へと背後の山を借景に広大な庭が開けてくる。

四修廊下は念仏行者が阿弥陀如来の来迎をいただき、雲上を通って浄土に辿り、浄土庭園の池の上を歩み行くという浄土経典を再現した貴重な構造物であるという。

❖ 気比の松原

（西福寺よりタクシー約一〇分。福井県敦賀市松原）

敦賀湾の奥に面する西側半分を占め、長さ一・五キロ、広さ四〇万平方メートルと広大で、赤松、黒松など一万七〇〇〇本が生い茂り、三保の松原（静岡県静岡市）、虹の松原（佐賀県唐津市）と並び日本三大松原の一つという。

古来には気比神宮の神苑であったが、元亀元年（一五七〇）織田信長が気比神宮から松原を没収、江戸時代には小浜藩の藩有林となるが、明治三二年（一八九九）国有林に指定され潮害防止のため保護されている。

海に沿い白砂が続き、見事な松原がまさに白砂青松の景観を見せ、砂は熱く深くめり込んで歩けない。海水浴客の歓声が上がる。松原の散策路を行くと「昼食時鳶に注意」の立て札。深々と松葉散り敷く松林の中を行った。

種《いろ》の浜（色浜）

（敦賀駅バス乗り場④より、②常宮線立石行で色ケ浜下車。約三二分。二〇〇円。↓徒歩五分、〇・四キロ。本隆寺。福井県敦賀市色浜《いろはま》三一の三三）

十六日、空霽《はれ》たれば、ますほの小貝《こがひ》ひろはんと、種《いろ》の浜《はま》に舟を走《は》す。海上《かいしやう》七里あり。天屋何某《てんやなにがし》と云《いふ》もの、破籠《わりご》・小竹筒《ささえ》などこまやかにしたゝめさせ、僕《しもべ》あまた舟にとりのせて、追風《おひかぜ》時のまに吹着《ふきつき》ぬ。浜はわづかなる海士《あま》の小家《こいへ》にて、侘《わび》しき法華寺《ほつけでら》あり。爰《ここ》に茶を飲《のみ》、酒をあたゝめて、夕ぐれのさびしさ、感に堪《たへ》たり。

　寂しさや須磨《すま》にかちたる浜の秋

　浪《なみ》の間《ま》や小貝《こがひ》にまじる萩《はぎ》の塵《ちり》

其日《そのひ》のあらまし、等栽《とうさい》に筆をとらせて寺に残《のこ》す。

『おくのほそ道』

九日　快晴。…気比へ参詣シテ宿カル。唐人ガ橋、大和や久兵へ。食過テ金ヶ崎へ至ル。…夕ニ帰。カウノヘノ船カリテ、色浜へ趣。海上四リ。戌刻《午後八時ごろ》、出船（クガハナン所）。夜半ニ色へ着。塩焼男導テ本隆寺へ行テ宿。

『曾良旅日記』

八月一六日は晴れたので、ますほの小貝を拾おうと種の浜に舟を走らせたという。ますほの小貝とは何であろうか。

ますほの「ま」は真白などの「真」で、美称。「すほ」は「そほ（赭）」で赤色をいう。

芭蕉は西行の歌「汐そむるますほの小貝ひろふとて色の浜とはいふにやあるらむ『山家集　西行』」により、種の浜でますほの小貝を拾ってみたいと思った。

敦賀の廻船問屋天屋五郎右衛門は、中仕切をした弁当箱や青竹を切って筒とし酒を入れた小竹筒などを用意させ、下男たちを大勢舟に乗せ出発、追風であっという間に到着した。

種の浜は漁師の小家が少しあるだけで、さびれた法華宗の寺で茶を飲み、酒を温めたりしたが、その辺りの夕暮れの淋しさはしみじみ心うたれるものがあった。昔から須磨の秋は寂しいものと『源氏物語』にもいわれ、自分もその淋しさをよく知っているが、この浜の淋しさは一入である。

波の引いた後の砂浜には小さい赤い貝が散らばっており、この辺りは野生の萩が多いのだが小貝の間に萩の花屑がまじっていて趣が深い。その日の行楽のあらましを等栽に書かせて、寺に残したというのである。

天屋の配慮のもとになされた種の浜での清遊は、「おくのほそ道」の旅の最後の思い出として芭蕉の心に残ったのではなかろうか。

本隆寺に残された等裁筆の一文は次のようである。

気比の海のけしきにめで、いろの浜の色に移りて、ますほの小貝とよみ侍しは、西《さい》上人の形見成けらし。されば所の小（わ）らはまで、その名を伝へて、汐のまをあさり、風雅の人の心をなぐさむ。下官年比《やつがれとしごろ》思ひ渡りしに、此たび武江芭蕉桃青巡国の序《ついで》、このはまにまうで侍る、同じ舟にさそはれて、小貝を拾ひ、袂につゝみ、盃にうち入《いれ》なんどして、彼《かの》上人のむかしをもてはやす事になむ。

越前ふくゐ洞哉書

小萩ちれますほの小貝小盃

桃青

元禄二仲秋

さて種の浜を訪ねてみることにした。色ケ浜バス停留所から色ケ浜への下り口に「若

狭湾国定公園　芭蕉杖蹟　色ヶ浜」の大きな看板が建っていた。

バスで乗り合わせた恋人同士も、駐車場から降りてきた人々も韓国語の人々で、新羅神社にしろ常宮神社の新羅鐘にしろ、昔からこの地は韓国の人々と馴染み深い土地なのである。

ところで法華寺とは法華宗（日蓮宗）の寺の意で、寺の名は本隆寺。もとは曹洞宗永厳寺（敦賀）の末寺で、応永三三年（一四二六）法華宗に改宗した。

少し離れているが本隆寺の手前に、本隆寺の境内であるという開山堂があった。日隆上人が訪れた時、疫病が流行っていたので石の上で祈祷され、その祈祷石をかこんで建てられたお堂だという。

開山堂正面に「法華宗　宗門史蹟　色ヶ浜本隆寺」とあり、境内には左手に「寂塚　寂しさや須磨にかちたる濱の秋　元禄二年八月一六日奥の細道の途次…」石標、中央に「寂しさや須磨にかちたる濱の秋　芭蕉」、右手に西行歌碑「汐染むるますほの小貝拾ふとて色の浜とはいふにやあるらん」が建つ。

さて向かい合った漁師の家の間の、雨に濡れたくねくねした細道を行く。簡素な小さな石段を七段ほど上がり「本隆寺」と記した石柱を入ると、正面の台石の上に丸碑「衣着て小貝拾わんいろの月」、その右奥「芭蕉翁杖跡　萩塚」として「小萩ちれますほの小貝小盃　桃青」、その向かいに「浪の間や小貝にまじる萩の塵」石碑が建っていた。

　等栽に書かせたという「其の日のあらまし」について寺の人に尋ねると、現在は敦賀市立博物館に展示中ということであった。

漁師道

　本隆寺の門から浜へ出ると萩の花が咲き始めており、浜は渚までほんのわずか五〜六メートルほどであった。小石や貝がらなどの細かい粒子の荒れた砂浜であったが、それらに混じって小さく可愛いいますほの小貝が一枚貝も、さらに二枚貝のものまで見つけることができて嬉しかった。

三五度ほどの気温で海の水はなまぬるい。浜のその先は大きな切り石がテトラポットのように埋められて漁師の家の前の道はきれいに舗装され、少し離れると砂浜の所在は全くといっていいほど分からなくなった。この敦賀半島の昔の海沿いの道は幅一メートルくらいで今も藪の中に所々残っているという。

本隆寺

ところで前章の「敦賀」にみたように、あさむづの橋、玉江の葦、鶯の関などと急にまたこの旅当初の、西行の跡を辿り歌枕を訪ね歩くという体制に戻り、最後に再び西行の歌「汐そむるますほの小貝ひろふとて色の浜とはいふにやあるらむ」にひかれ敦賀半島の先端近く、昔は陸の孤島ともいわれた西行ゆかりの歌枕「種の浜」を訪れた芭蕉の心には、この旅を通して得た「不易流行」をさらに前進させる確固たる思いがあってのことではなかったか。

それは鄙びた浜に感じる寂しい美しさ、「わび」

であったかもしれない。後にさらに進展して、「わび」をも包含した古いものに感じる静かで枯れた美しさ「さび」へと深められ、ついに最晩年の、西行などの古人の心の中から伝統的風雅性を探り、会得したら卑近な現実生活の中に伝統的風雅性を見出し、素朴に眼前の実景描写として詠い興じて俳諧的興趣を示すという「軽み」へと昇華されていったのではあるまいか。

あとがき

『おくのほそ道』は、最後に福井県の「種の浜」を挙げ、岐阜県の「大垣」を旅の終着地として終了している。

一方『曾良旅日記』によれば、滋賀県の「木ノ本」「長浜」「彦根」「鳥本（鳥居本）」「多賀」を経、岐阜県の「関ヶ原」「垂井」を経て終着地の「大垣」に至っている。

曾良は芭蕉の旅路をほぼ先行していると思われるので、『曾良旅日記』を尊重しひとまず今回は「石川、福井」にとどめたいと思う。

福島、宮城で把握した「不易流行」を山形羽黒山の俳人呂丸に初めて打ち明けた芭蕉だが、次の越路では俳人としての芭蕉の名はほとんど知られず、砂丘という悪路に悩まされる旅で、人生の厳しさや自然の偉大さをつくづく痛感させられる旅でもあった。

滅入る心や疲労は、加賀一〇〇万石の大藩で自分の名も知られ俳諧仲間も多い金沢に一足飛びに行きたいと希求したであろうが、そこにもまた、思いもかけず一笑の死報があった。

かつて杜国と吉野の桜をめでる観光旅行をした後に湧き上がってきた反省。しかし俗世間や体制から脱し俳諧のために献身し、芸術性の高い自分なりの新しい俳諧の境地を見出したいという本来の思いは、今回の「石川、福井」の時点では揺るがなかった。むしろ「不易流行」を軸に、そこに「わび」「さび」を加味しながらさらに「軽み」の詩境への模索がなされていったのではあるまいか。

また、深川に隠棲した時点からのもう一つの目標は、紀貫之の『土佐日記』、阿仏尼の『十六夜日記』、鴨長明作と芭蕉が考えていた『東関紀行』に匹敵するような文学性の高い俳諧紀行文の完成であった。

旅中にできあがった俳諧をいかに効果的に登場させうるか、俳諧紀行文の構築に悩みに悩んできたわけだが、この『おくのほそ道』で完成させえたといえよう。

それは芭蕉が新興都市江戸へ出て、同派の俳諧宗匠たちの俳諧興業を手伝っていたころから俳諧師芭蕉の心に沁みついていた俳諧式目に沿うこととなり、人事では恋句を重視し、神社仏閣、無常（死）、旅を配し、自然や人事の諸相を描き、重複、停滞を避け、調和、変化を重視していくこととなった。

人事の諸相について「石川、福井」でいえば、すでに亡くなっていたが芭蕉が大いに期待していた一笑は通称茶屋新七であり、金沢藩お抱えの刀研師北枝が金沢から松岡の天龍寺まで随伴し、その後裾をからげて道案内してくれたのは福井俳諧の古老で隠者の、風狂の人等栽と諸相をちりばめバラエティーに富み読者を惹きつけてやまない。

さて旅をするにあたり、各地の県市町村役場、教育委員会、資料館、観光協会の方々に疑問点を尋ねご教示いただくと共に、行く先々で多くの方々のお世話になり、今回もまた芭蕉のいう旅の醍醐味「自然と人の実《まこと》」に触れ、感動する旅であった。

出版にあたっては、引き続き歴史春秋社の植村圭子さん、制作スタッフに大変お世話になった。

パソコンの不具合については相変わらず娘奥山久丹子の指導を受ける。

皆様に心よりお礼を申し上げます。

令和元年十月

田口恵子

参考文献

『奥の細道の旅　ハンドブック』久富哲雄　三省堂
『芭蕉はどんな旅をしたのか』金森敦子　晶文社
『新版　おくのほそ道　現代語訳／曾良随行日記付き』潁原退蔵・尾形仂訳注　角川文庫
『続「奥の細道を歩く　出羽・越・北陸路」』山本偦　柏書房
『芭蕉「おくのほそ道」の旅』金森敦子　角川書店
『芭蕉と門人たち』楠元六男　日本放送出版協会
『北陸道（北国街道）歴史の道調査報告書第一集』編集石川県教育委員会　発行石川史書刊行会
『旅あるき「奥の細道」を読む④北陸路』麻生磯次　明治書院
『おくのほそ道　全訳注』久富哲雄　講談社
『松尾芭蕉』阿部喜三男　人物叢書新装版　吉川弘文館
『芭蕉二つの顔』田中善信　講談社
『松尾芭蕉（江戸人物読本2）』楠元六男　ぺりかん社
『芭蕉』井本農一編　日本古典鑑賞講座　第十八巻　角川書店

『芭蕉入門』井本農一　講談社
『謎の旅人　曽良』村松友次　大修館書店
『芭蕉の山河』加藤楸邨　講談社
『歴史散歩⑰石川県の歴史散歩』石川県の歴史散歩編集委員会　山川出版社
『芭蕉文集』富山　奏校注　新潮社
『芭蕉俳文集㊤』堀切　実編注　岩波書店
『芭蕉俳文集㊦』堀切　実編注　岩波書店
『芭蕉俳句集』中村俊定校注　岩波書店
『謡曲集　上』日本古典文学大系40　岩波書店
『日本大名一〇〇選』日本史蹟研究会　秋田書店
『歴史散歩⑱福井県の歴史散歩』福井県の歴史散歩編集委員会　山川出版社
『枕草子　紫式部日記』日本古典文学大系⑲　岩波書店
『源氏物語　紫式部と越前たけふ』福嶋昭治　紫式部顕彰会発行
『奥の細道』山本健吉　講談社
『歩く旅シリーズ「奥の細道」を歩く』　山と渓谷社

『図録　敦賀の文化財』敦賀市教育委員会発行
『奥の細道を歩く』沢木欣一編　東京新聞出版局
『奥の細道を旅する』ＪＴＢ
『北陸街道紀行』松尾　一　まつお出版
『芭蕉辞典』飯野哲二編　東京堂出版
『石に刻まれた芭蕉』弘中　孝　智書房
『おくのほそ道探訪事典―「随行日記」で歩く全行程』工藤寛正　東京堂出版
『県別マップル17石川県（広域・詳細）道路地図』昭文社
『県別マップル18福井県（広域・詳細）道路地図』昭文社
『歩く地図ＮＩＰＰＯＮ⑨金沢・能登・越前』山と渓谷社
『図説　地図とあらすじで読む！　おくのほそ道』萩原恭男監修　青春出版社
『日本地名大百科　ランドジャポニカ』小学館
『要解　日本文学史辞典』三谷栄一　有精堂出版
『平成大合併　日本新地図』小学館
『知らなかった！　驚いた！　日本全国「県境」の謎』浅井建爾　実業之日本社

著者略歴

田口　恵子（たぐち　よしこ）

1942年　東京都品川区生まれ

1960年　都立田園調布高等学校卒業

1964年　実践女子大学国文学科卒業

1964年　英理女子学院高等学校（旧高木女子学園）教諭

1968年　実践女子大学大学院文学研究科国文学修士修了

1978～2017年　きびたき短歌会会員

1981年～　歌と観照社入会

1982～1998年　生活協同組合コープふくしま理事

1982～2009年　木立短歌会会員

1997～2000年　福島県農業農村活性化懇和会委員

2014～2016年　歌と観照社選者

著書　歴春ふくしま文庫㊾『おくのほそ道を歩く』歴史春秋社

『おくのほそ道を歩く　宮城・岩手』歴史春秋社

『おくのほそ道を歩く　山形・秋田』歴史春秋社

『おくのほそ道を歩く　新潟・富山』歴史春秋社

写真撮影

田口　守造（たぐち　もりぞう）

1930年　福島県伊達市梁川町生まれ

1948年　福島県立保原中学校卒業（5年制）

1953年　福島大学経済学部卒業

1985年　㈱東邦銀行退職

おくのほそ道を歩く　石川・福井

2019年10月19日第1刷発行

著　者　田口　恵子

発行者　阿部　隆一

発行所　歴史春秋出版株式会社

〒965-0842

福島県会津若松市門田町中野

TEL　0242-26-6567

http://www.rekishun.jp

e-mail　rekishun@knpgateway.co.jp

印刷所　北日本印刷株式会社